À Clara, Auguste, Thelma et Robin,
déjà de grands aventuriers.

24-32, rue des Amandiers, 75020 Paris – France

Correction : Maxime Gillio, Catherine Rigal
Mise en pages intérieure : Fanny Bouchet

Loi n° 49-956 du 16 juillet 1949 sur les publications destinées à la jeunesse,
modifiée par la loi n° 2011-525 du 17 mai 2011.
Dépôt légal : septembre 2020. Imprimé en Serbie.
Produit conçu et fabriqué sous système de management
de la qualité certifié AFAQ ISO 9001.

DEVIENS LE HÉROS

L'ATTAQUE DES ZOMBIES

Écrit par Madeleine Féret-Fleury
et Marushka Hullot-Guiot

Illustré par Claudia Petrazzi

AUZOU

BIENVENUE !

Tu t'apprêtes à entrer dans une histoire pas comme les autres… Dans ce livre, tu as le choix : c'est toi qui décides de la suite de l'aventure. Pour cela, rien de plus simple !

Commence par l'introduction ci-après, puis à la fin, choisis le chemin qui te plaît.

Deux voies s'offrent à toi : la voie A (pages rouges du livre) et la voie B (pages bleues).

Si tu perds, tu peux toujours revenir en arrière et vivre d'autres histoires.

Deviens le héros de tes aventures !

À TOI DE JOUER !

Les chemins

Un petit silence… Sarah semble se pencher… va-t-elle t'embrasser? Derrière vous, une ombre se lève et une main émaciée s'accroche soudain à l'épaule de ton amie! Le cantinier tué par vos camarades n'est toujours pas mort! La gueule grande ouverte, il s'apprête à la mordre!

Tu fonces tête baissée et renverses le zombie, va en A12.
Tu t'élances et plaques Sarah au sol, va en A13.

A 12

Les épaules rentrées, la tête courbée, tu charges sans hésiter et percutes le zombie en plein torse… recueillant au passage des petits morceaux d'entrailles agglutinés dans tes cheveux. Mais pas le temps pour une coupe: à terre, le cuisinier t'entraîne brusquement vers lui, déterminé à goûter ta chair.

Tout aussi féroce, tu luttes, tentes de te dégager, mais la créature est plus vigoureuse et roule au-dessus de ton corps. Assise sur ton ventre, elle plante sa mâchoire dans ton cou qui dégorge de sang chaud, tandis que Sarah pousse un cri horrifié. Que fait-elle encore là? Elle doit fuir!

Tu voudrais parler, mais, déjà, tu sens ton esprit se perdre et tes forces te quitter. Avec le peu de volonté qui te reste, tu parviens enfin à supplier:

— Pars, Sarah! Fuis!

Les yeux pleins de larmes, Sarah hésite. Mais enfin, elle tourne les talons et disparaît de ta vue, qui devient floue… ta crainte pour son sort lui aussi

Les chapitres

1

Enfin les vacances !

Tu sors du collège en courant, après ta dernière épreuve de brevet, et respires le bon air de la liberté. Tu t'apprêtes à profiter de deux mois de repos bien mérité avant l'entrée au lycée. Et pas n'importe quel repos : cet été tu pars en colonie de vacances avec Sarah, ta meilleure amie. Le programme est très excitant : une semaine de fouilles archéologiques dans la forteresse qui vous accueille, mais aussi une semaine de campement dans la forêt qui entoure le château ! Mais plus que tout, tu as hâte de passer ces quinze jours avec Sarah, sans vos parents et votre bande de copains. Car si vous êtes amis depuis toujours, tu sens bien que récemment, tes sentiments pour elle ont changé. Quand tu la vois, tu ne penses plus à la petite fille qui t'attaquait à coups de boulettes de crottes de nez, mais tu sens ton pouls s'accélérer, tes mains devenir moites et tu deviens un peu idiot. Tout le monde dans le groupe s'en est rendu compte, sauf elle.

— Je suis là !

Sarah t'appelle du fond du car où elle semble avoir déjà sympathisé avec quelques personnes. C'est le grand départ pour le château. Tu es excité et nerveux. Ton amie t'a gardé la meilleure place, tout au fond, juste à côté d'elle. Tu vas t'asseoir en essayant de prendre un air dégagé. Tu te demandes bien ce que te réservent ces vacances !

Va vite le découvrir en 2 !

2

En descendant du car au milieu des bois, tu découvres, ébahi, une imposante forteresse à moitié en ruine, entourée de profondes douves. Tes révisions du brevet te reviennent tout de suite en tête.

— De hautes tours, des douves : c'est un château fort du Moyen Âge, dis-tu à tes amis. Mais ces larges fenêtres sont des modifications faites à la Renaissance, je pense.

— Oh, ça va, on n'est pas en cours, là ! te lance un garçon assis devant toi, moqueur.

Tu rougis et fusilles l'adolescent du regard. Heureusement, Sarah n'a pas entendu sa remarque.

Le directeur de la colonie, un homme trapu avec de grandes moustaches recourbées à la Salvador Dalí, vous conduit à l'aile gauche qui a été rénovée, c'est là que vous allez vous installer. L'aile droite, en revanche, est dans un piètre état : la végétation a complètement envahi les ruines et toute une partie de l'étage est à ciel ouvert. C'est ce côté du château qui mène à la crypte de la famille des Bois de Riocour.

Deux moniteurs arrivent : un grand dadais à lunettes et une jeune femme en treillis militaire à l'air sévère.

— Salut, les jeunes ! lance le premier d'un ton très enjoué. Bienvenue à Riocour ! Je suis Nathan, c'est moi qui vous dirigerai au cours des fouilles dans la crypte du château. Est-ce que vous connaissez l'histoire de ce lieu ?

Un murmure s'élève parmi vous, mais personne ne semble connaître la réponse.

— Bon, je vais prendre ça pour un non. C'est une bien sombre histoire… La famille des barons du Bois de Riocour a vécu des siècles dans cette propriété jusqu'en 1666, funeste année où toute la famille a disparu sans laisser de trace. Leurs héritiers les plus proches se sont installés au château avant de disparaître à leur tour, quelques mois plus tard. Depuis, la forteresse est inhabitée et tombe en ruine. Terrifiant, n'est-ce pas ? Le reste, vous le connaissez, cette année la mairie a décidé de restaurer le château pour en faire un musée. Faute de fonds, ils ont fait appel à notre organisme pour avoir des volontaires pour la rénovation et en faire un lieu de colonies de vacances.

— Bon, trêve d'histoires de fantômes, le coupe sèchement la deuxième monitrice. Pendant ces vacances, vous aurez aussi une semaine de campement dans les bois. Je suis Élisabeth, c'est moi qui vais vous enseigner l'art de la survie dans la nature. C'est l'heure de choisir, jeunes gens. Ceux qui veulent commencer par les fouilles, suivez mon collègue, ceux qui sont prêts à affronter la forêt, venez avec moi !

Cette Élisabeth n'a vraiment pas l'air commode, un vrai colonel de l'armée ! Mais l'idée d'apprendre la survie en pleine nature est très excitante ! D'un autre côté, la sombre histoire du château t'intrigue. Tu as hâte de percer ses secrets et de découvrir cette mystérieuse crypte.

Si tu veux rejoindre le groupe « survie en forêt », va en A1.
Si tu veux rejoindre le groupe de fouilles archéologiques, va en B1.

A1

Perdu entre les allées et venues de tes camarades qui forment des petits groupes, débattent de la meilleure activité, s'entassent autour de Nathan ou, au contraire, courent après Élisabeth déjà en route vers le campement, tu ramasses précipitamment ton bagage et te dépêches de suivre toi aussi la monitrice, cherchant Sarah du regard. Malheureusement, tu finis par l'apercevoir discutant avec Nathan. Mince, elle a choisi les fouilles ! Vite, tu tournes les talons pour la rejoindre, mais tu sens aussitôt la main d'Élisabeth saisir brusquement ta veste.

— Où tu crois aller comme ça ? Quand on fait un choix, on s'y tient. Tu vas tous nous retarder. Allez, en route !

Pas commode, cette animatrice… Sarah et toi auriez dû vous concerter ! Ces vacances commencent mal… Et même pas le temps de dire au revoir à ta meilleure amie : devant, Élisabeth maintient une cadence militaire, et tu n'as pas du tout envie de te faire davantage remarquer. En pénétrant dans les bois, tu frissonnes : l'air frais du début de soirée, l'ombre qui commence à recouvrir les feuillages, les craquements de branches… Tu sens un regard sur toi et découvres qu'Axelle, une fille de ton collège que tu détestes – et qui te le rend bien – t'observe l'air moqueur. Mieux vaut l'ignorer… Si tu comptes profiter de ce stage de survie, il va falloir prendre sur toi. Alors que le jour tombe, vous atteignez la berge d'un lac que les derniers rayons du soleil couchant illuminent. Magique !

— Assez rêvé ! coupe Élisabeth. Faut monter les tentes avant la nuit.

Et sans attendre, la monitrice dégaine cordes, piquets et articule quelques explications tout en montant sa propre tente. Mais elle va si vite que tu n'y comprends pas grand-chose. Tu aurais peut-être dû regarder un tuto avant de partir…

— Tends la toile, je plante la sardine, te dit en souriant Salvator, un ado de ton âge rencontré dans le car.

Ouf, heureusement, ton nouveau copain semble avoir de l'expérience. Même si votre tente est un peu de travers, tu sens déjà que tu vas pouvoir compter sur lui.

À 5 heures pétantes, alors que le soleil se cache encore, un coup de sifflet te réveille brutalement. Tout endormi, enveloppé dans ton duvet, tu remontes la fermeture Éclair de ta tente pour découvrir Élisabeth, au milieu du camp, en train de faire des pompes. Hébétés, tes camarades ne comprennent pas non plus ce qui leur arrive… D'un bond, la monitrice en treillis se redresse et prévient.

— Habillés dans dix minutes ! Dans la nature, on se lève tôt ! Au programme : apprentissage de la pêche et du feu. Je vais faire de vous de vaillants soldats ! se réjouit-elle.

Sérieusement ?

Cette première journée est un enchaînement de galères… À la pêche, aucune prise. Le seul poisson que tu réussis à capturer te regarde avec ses petits yeux, et tu es bien incapable de porter le coup fatal. Résultat : il te glisse entre les doigts et plonge dans la rivière. Élisabeth ne se prive pas pour se moquer, ni de vous sermonner lors de votre échec cuisant à faire du feu. À peine arrives-tu à produire quelques étincelles. Finalement, la monitrice s'occupe elle-même du feu de camp, où elle met à cuire des rations militaires. Ces boîtes de conserve dégagent une odeur… peu alléchante.

— Vous verrez, c'est immangeable, prévient Élisabeth. Au moins, demain, à la pêche, vous serez plus rigoureux.

Pour te remonter le moral, tu peux une fois encore compter sur Salvator, qui a embarqué quelques barres chocolatées en cachette. Après le dîner, malgré l'épuisement d'une journée harassante, vous vous retrouvez autour du feu déclinant pour vous raconter des histoires d'horreur… De récit en récit, la tension monte. Élisabeth, elle, vous écoute d'un air parfaitement impassible.

— Je suis censée avoir peur ? demande-t-elle. Ce n'est qu'un ramassis de bêtises inventées. L'histoire du château de Riocour, ça, c'est autre chose…

Les plus jeunes ouvrent de grands yeux, pendus à ses lèvres.

— C'est bien plus sordide que la version édulcorée que vous a racontée Nathan hier, poursuit Élisabeth. La famille de Riocour n'a pas disparu… Le baron les a tous tués. Et aujourd'hui encore, certaines nuits, les défunts se réveillent et vont hanter le dortoir du château… Vous avez bien fait de me suivre au campement… enfin, sauf si les morts décident de se faire une petite balade en forêt… Allez, au lit !

Dubitatif, tu échanges un regard blasé avec Salvator. N'importe quoi… Parmi les derniers à rejoindre votre tente, vous pouffez à propos de cette histoire quand un grincement vous fait sursauter. Soudain peu fiers, vous scrutez l'obscurité avec vos lampes de poche, mais rien… Un étrange râle, quelqu'un approche, vous tremblez… Soudain, une ombre se jette sur vous ! Alors que vous poussez un cri de terreur, Axelle éclate de rire : elle vous a bien eus ! Mais presque aussitôt, ton ennemie devient livide.

— C'est quoi, ça ? demande-t-elle en pointant le doigt derrière vous.

— Arrête, Axelle ! t'énerves-tu. C'est pas drôle…

Mais elle ne plaisante plus… Le pas lent, comme désarticulées, trois silhouettes titubantes sortent de l'obscurité. Tu reconnais un des garçons avec lesquels tu as parlé dans le bus… ce sont des adolescents du groupe des fouilles. Ils auraient fait le mur pendant la nuit ? Tout près de vous maintenant, ils paraissent pourtant absents : le regard vide, le visage… émacié ! Que leur est-il arrivé ? Alors que tu t'apprêtes à les interroger, l'un d'eux tourne la tête, révélant un profil rongé par les blessures, la chair à vif… Un filet de bave dégouline le long de sa lèvre à demi arrachée ! Et il ne semble même pas perturbé ! Instinctivement, Axelle, Salvator et toi reculez de quelques pas… Alors, comme s'il vous découvrait seulement, l'un des adolescents accélère d'un pas pourtant trébuchant, le bras levé vers vous… il lui manque un doigt !

De sa main ensanglantée surgit un os rogné… Ce n'est pas possible, on dirait des zombies ! Tout à coup, l'ado amputé saisit vivement Salvator et enfonce dans sa joue des dents acérées ! Les deux autres le rejoignent aussitôt, appâtés par la chair encore vive. Horrifié, tu restes pétrifié sur place, incapable de bouger, incapable de penser, tandis que ton ami se fait dévorer sous tes yeux ! Mais lorsqu'un jet de sang vient gifler ton visage, tu pousses un hurlement animal, soudain ramené à la réalité. Axelle, elle, a disparu. Vite, tu pars en courant te cacher derrière une tente. Alertés par le vacarme, tes camarades se réveillent, et tout semble tourner autour de toi : les adolescents monstrueux qui se jettent sur leurs nouvelles proies, les cris, les râles des campeurs attaqués…

Ton regard s'arrête sur le corps sans vie d'un de tes jeunes camarades, qui gît juste devant toi, et tu sens ton cœur se broyer dans ta poitrine… Mais soudain, le petit se relève. Aucune expression de crainte sur son visage, mais plutôt l'air mi-endormi mi-ahuri des somnambules.

Sans le bloquer, l'immense plaie qui lui traverse la jambe ne fait que le ralentir, tandis qu'il pourchasse à son tour de prochaines victimes… Il aurait été… infecté ? C'est incompréhensible ! Les histoires d'Élisabeth seraient vraies ? Et le château de Riocour maudit ? Soudain, tu penses à Sarah… est-elle en sécurité ?

Si tu pars à la rescousse de Sarah au château, va en A3.
Si tu penses qu'il est plus raisonnable de te trouver des alliés et rester groupés pour survivre, va en A2.

A 2

À quatre pattes entre les tentes, tu erres, désorienté, pour t'éloigner des monstres que sont devenus tes amis. Tu regardes autour de toi et aperçois certains de tes camarades qui fuient en hurlant vers le cœur de la forêt. Tu voudrais les suivre et cries :

— Attendez-moi ! Hé ! attendez…

Mais ton cri se perd dans la nuit. Tu ne sais que faire. Tu répètes pour toi-même « ce n'est pas possible, ce n'est pas possible ». Et pourtant, c'est bien réel ! Tu erres au hasard à travers le campement à la recherche de quelqu'un pour t'aider. Ton ami Salvator, dont le crâne a été ouvert et le bras à moitié arraché, se relève, la bave aux lèvres, et titube à son tour avec la horde de créatures. Tu as vu ça dans les séries, tu n'imaginais pas que c'était possible en vrai. Déjà, tes amis disparaissent entre les arbres. Il faut les suivre, quitte à être à découvert. Tu te lèves et cours comme jamais à leur poursuite. Soudain, Salvator apparaît face à toi, prêt à te dévorer. Tu hurles ! Tu essayes de t'échapper, mais pris entre les rangées de tentes, tu es coincé. Alors qu'il se jette sur toi, Salvator tombe violemment en arrière. Apparaît soudain Élisabeth, elle vient de lancer le bout de sa canne à pêche pour accrocher le zombie et l'a fait tomber en rembobinant le fil.

— Cours, gamin ! te crie-t-elle. Le fil ne tiendra pas longtemps !

Tu sautes par-dessus Salvator pour la rejoindre. Voilà une alliée de taille pour survivre ! Tu suis Élisabeth à travers le campement, elle attrape une lampe de poche, prend une machette et te lance un couteau suisse. Tu ramasses quant à toi une lampe et une paire de jumelles.

Dans la forêt, tu veux allumer ta lampe, mais Élisabeth t'en empêche.

— Fais pas l'idiot ! Tu veux qu'on se fasse repérer ? Tu te seras bientôt habitué à la faible luminosité, en attendant suis-moi et ne fais pas un bruit, OK ?

Tu hoches la tête et marches derrière elle.

— Élisabeth ? demandes-tu à voix basse. Ces… choses, qu'est-ce que c'est ? Je croyais que tu nous avais raconté des histoires pour nous faire peur. Mais alors, tout est vrai ?

— Je ne sais pas. Un virus ? Des zombies ? Après ce qu'on vient de voir, je suis prête à croire n'importe quoi. Une seule chose est sûre, si tu continues de jacter comme ça, on va se faire dévorer en moins de deux minutes !

Tu baisses la tête, confus, et ne pipes plus mot. Un bruit derrière vous, Élisabeth te tire et tu te caches derrière un buisson avec elle.

— Il va falloir être plus réactif, mon petit, sinon tu ne vas pas passer la nuit. Ici, nous sommes trop à découvert. Si nous voulons survivre, il faut maîtriser notre environnement. Rejoignons la colline de la Mothe, de là nous aurons une vue panoramique sur la forêt, des ennemis qui arrivent et pourrons voir s'il y a des survivants encore cachés quelque part.

Vous vous mettez en route. En marchant, Élisabeth t'explique les règles principales de la survie en forêt.

— D'abord la règle des 3 : trois secondes d'inattention, trois minutes sans respirer, trois heures sans thermorégulation, trois jours sans boire, trois semaines sans se nourrir ou trois mois sans relation sociale et c'est la mort ! La seconde, c'est la règle des cinq C : Contenant, Combustible, Corde, Couverture,

Couteau. Voilà tout ce qu'il faut pour survivre dans la nature !

Vous n'en avez pas la moitié, à peine un canif. Tu te dis que tu aurais dû prendre la corde, mais c'est trop tard. Le discours d'Élisabeth augmente ta panique autant que ton savoir, semble-t-il. D'après ce qu'elle dit, vous allez devoir faire vite, vous ne pouvez pas errer dans la forêt indéfiniment. Vous marchez. Perdu dans tes pensées, tu en es soudain tiré par une odeur nauséabonde. Puis tu entends un bruit étrange... Tu te retournes et découvres Élisabeth en train de décapiter un zombie qui allait se jeter sur toi. Tu déglutis.

— Tu vois, dit-elle, trois secondes d'inattention suffisent à se faire tuer.

Vous arrivez près du pied de la colline. Il a beaucoup plu ces dernières semaines et le chemin qui y mène est devenu un véritable marécage de sables mouvants. Tu aperçois même le corps d'un zombie à moitié coincé dans la terre sablonneuse. Vous pouvez en faire le tour, mais il faudra pour cela traverser la clairière dans laquelle vous serez à découvert pendant un assez long moment. Que veux-tu faire ?

Traverse les sables mouvants et prends le risque d'affronter le zombie coincé en A8.

Fais le tour par la clairière en A19.

A3

Impossible de laisser ta meilleure amie se faire écharper par ces… monstres. Zombies ou pas, tu ne sais pas très bien, mais ce qui est certain, c'est qu'ils viennent du château.

Prenant ton courage à deux mains, tu t'élances dans les bois sombres et menaçants en direction du manoir, dont tu devines à peine la toiture surgissant du lointain, au-delà des cimes. La tâche risque d'être difficile : la panique a gagné le campement et, partout autour de toi, des adolescents courent dans tous les sens, poursuivis par ces créatures détraquées qui semblent de plus en plus nombreuses. Ou est-ce juste une impression née de la peur ? Passant un grand chêne, tu es freiné dans ta course par Arthur et Guillaume, qui occupaient la tente voisine, qui roulent juste devant toi, éjectés par un adolescent furieux… dont le crâne est fendu en deux ! Ce qui ne retire de toute évidence rien à sa force… À terre, tes camarades sont en mauvaise posture, et l'ado qui les menace ne te voit pas… il te faut agir ! Avisant une sardine égarée, tu te rues sur leur agresseur et lui plantes le piquet dans le cou ! Surpris, il recule, donnant à tes camarades le temps de se dégager. Vite, vous fuyez entre les feuillages pour vous mettre à couvert dans une petite grotte, et enfin reprendre vos esprits… C'est bien toi qui viens d'égorger un autre ado ? Enfin, un ado, c'est vite dit… Clairement, tes camarades ont été transformés, contaminés… Oui, comme des zombies.

— Ah, vous êtes là, les garçons ! On ne peut pas vous laisser seuls deux minutes !

Sortant de l'ombre, Axelle – encore elle ! – et son amie Charlotte vous rejoignent.

— On se débrouillait très bien tout seuls…, bougonne Arthur, que tu viens pourtant de sauver.

Mais tu ne feras pas à Axelle le plaisir de le remarquer. Elle est d'ailleurs gonflée de se moquer, elle qui a vite déguerpi lorsque Salvator s'est fait attaquer. Salvator… rien qu'en pensant à lui, ta gorge se noue. Est-ce qu'il est vraiment mort ? Cette nuit ressemble à un cauchemar… mais tu sais que tu ne t'en réveilleras pas. Et le temps presse…

— Maintenant que tout le monde est en sécurité, je vous laisse, préviens-tu. Je vais au château, chercher Sarah.

— C'est aussi où on va, rebondit Charlotte. On veut retrouver Robin, mon petit frère. Il est dans le groupe des fouilles. On devrait faire équipe…

Ni Axelle ni toi n'êtes franchement enchantés, mais Charlotte a raison : mieux vaut s'entraider. Aux aguets, vous progressez alors lentement entre les arbres des talus, évitant les chemins tracés où vous craignez de croiser des zombies. L'occasion de profiter des ressources de la forêt pour vous armer : comme Élisabeth vous l'a tant répété la veille, on peut tirer beaucoup d'une simple branche ou d'une pierre bien choisie. Avec des morceaux de bois auxquels elles attachent leurs élastiques à cheveux, Axelle et Charlotte se font des lance-pierres, alors qu'Arthur et Guillaume dénichent de lourds gourdins. De ton côté, tu te sers de ta ceinture pour te fabriquer une fronde de fortune. Prenant la tête du groupe, Axelle chuchote :

— Passons par les écuries. Elles sont au fond de la cour du château, on sera moins visibles. Mieux vaut contourner l'entrée principale.

— Depuis quand tu es notre cheffe ? s'emporte à nouveau Arthur – décidément râleur, celui-là !

— Ne vous disputez pas… Ne faites surtout pas de bruit ! s'inquiète Guillaume qui, tremblant, ne cesse de scruter les parages.

— C'est comme vous voulez. Axelle a sûrement raison, intervient maintenant Charlotte, après avoir aisément bondi au-dessus d'un large fossé.

Conclusion : Axelle est autoritaire (ce n'est pas nouveau), Arthur toujours à grogner, Guillaume du genre anxieux, et Charlotte suiveuse, mais aussi ultra-sportive. Soudain, Guillaume, qui était un peu en retrait, est renversé en arrière par une créature surgie du sous-bois. Il a beau tenter de se défendre, ses coups de gourdin n'ont que peu d'effet sur le monstre, étonnamment résistant. Vite, vous bondissez toutes armes déployées et, à force de jets de pierres, parvenez à le désorienter. Son visage décharné, à la lueur de la lune, révèle encore les traits d'Hugo, avec qui tu as pêché l'après-midi même, et dont l'appareil dentaire et l'acné ont résisté à la transformation. Difficile d'attaquer un copain que tu reconnais, mais que peux-tu faire ? Lui offrir ta cervelle sur un plateau d'argent ? Il s'approche maintenant de toi en poussant un gémissement affamé. Derrière lui, Arthur et Charlotte passent aussi à l'attaque : un coup, puis un autre, le duo s'acharne contre le zombie qui, faisant une fois de plus preuve de son incroyable force, attrape la batte d'Arthur et l'envoie dans le décor. Mais alors que, bavant de rage, il s'apprête à se jeter sur ton camarade désarmé, son appareil dentaire s'accroche dans la branche d'un arbre. Empêtré, il rugit, se débat comme un animal. L'occasion pour Guillaume de se reprendre et défendre son ami : encore et encore, il frappe le crâne du zombie. Lui qui paraissait si peureux il y a quelques minutes à peine y va fort… La tête de la créature se détache, roule à terre, et son corps s'effondre dans la mousse. Sans voix, suants et pourtant frigorifiés par le choc, vous restez plantés là, désemparés… quand un bruit de reflux vous sort de votre transe. Derrière vous, votre camarade de campement Madi est en train de vomir, dégoûté par la scène. Vous ne l'aviez pas vu arriver !

— Ah ! c'est crade ! dit Arthur en ramassant son gourdin.

— Sérieusement ? C'est pas moi qui viens de décapiter ce… truc, répond Madi. Vous allez où ?

— Au château, interviens-tu. Sauver nos amis.

— Faites gaffe, alors. Ça doit être dix fois pire là-bas. Il paraît qu'il y a un groupe qui s'est réfugié dans l'abri du garde-chasse. Je tente ma chance…

Sans traîner, il file aussitôt et vous reprenez votre chemin, qui vous mène bientôt aux abords du fameux cabanon où brûle un feu de cheminée, puis dans une petite clairière. Là, vous vous allongez vite dans les herbes hautes : une horde de zombies traverse le pré… Mince, ils vont tomber sur la cabane ! Faut-il faire un détour et aller prévenir vos camarades ? Axelle et Charlotte y tiennent. Mais Arthur et Guillaume veulent poursuivre vers le château : vos amis là-bas aussi sont en danger ! À toi de trancher.

Si tu veux continuer vers le château pour sauver vos amis, va en A4.
Si tu penses avoir le temps d'un détour par la cabane, va en A9.

A 4

Le château est trop près, tu refuses de perdre davantage de temps : Sarah doit passer avant tout ! C'est triste à dire, mais vos camarades devront se débrouiller seuls… tu espères qu'ils s'en sortiront. Après la clairière, vous apercevez enfin l'enceinte fortifiée et le toit en chaume de l'écurie. Aux alentours règne un silence de mort… Vous êtes sur le point de passer la grande porte en bois quand, sautant des remparts, deux zombies vous font obstacle. Tes camarades, aussitôt, dégainent leurs armes pour faire bloc.

Alors, sans trop réfléchir, tu pousses vivement la porte de l'écurie dans laquelle tu t'engouffres. Le calme froid, à l'intérieur, est à peine perturbé par l'écho du combat, et la petite voix, dans ta tête, qui te couvre de reproches : comment as-tu pu ainsi abandonner tes camarades ? Tu fermes les yeux pour la faire taire et serres la mâchoire. Sarah doit passer avant tout ! Soudain, un bruit de… sabots ? Surgissant d'un box, un cheval noir apparaît, te dominant de toute sa hauteur. Tu lèves les mains et l'approches doucement, rassurant, mais découvres des yeux vitreux, et lorsque le cheval bondit vers toi, tu comprends : il a été zombifié !

PERDU !

Un coup de sabot suffit à te renverser, avant que tu ne périsses piétiné.

A5

Difficile de motiver les troupes après une telle boucherie. Retourner au combat, foncer volontairement dans la gueule du loup ? Face à l'air vaincu qu'affichent les plus réticents, tu bouillonnes… tu sais enfin où est Sarah, tu n'as jamais été aussi près de la retrouver !

— Comment est-ce que vous pouvez être aussi lâches ? t'énerves-tu. Si on n'y va pas tous ensemble, on n'a aucune chance !

— Il a raison, te soutient Axelle, contre toute attente. On se protégera les uns les autres, promet-elle, recevant alors des hochements de tête.

Celle que tu considérais comme ta pire ennemie il y a quelques heures à peine se révèle maintenant ta meilleure alliée. Convaincu lui aussi, Madi balaie la poussière tapissant une petite table en bois et, l'air concentré, y dispose une faucille et un marteau qui traînent.

— Le marteau sera le château, la faucille fera le moulin, explique-t-il, désireux d'établir un plan d'attaque.

Attroupés autour de la table, tes camarades semblent rassurés par la stratégie de Madi, qui déplace maintenant des bibelots vous représentant, vous et les zombies, entre le château et le moulin. Plusieurs groupes, pour une formation en tenaille comme les légionnaires romains : vous encerclerez les zombies, sur lesquels vous aurez alors l'ascendant. Ils n'auront aucun point de fuite, et vous n'aurez plus qu'à déployer vos projectiles !

Une fois dehors, tous ensemble dans la nuit silencieuse, tu vois tes camarades échanger des murmures inquiets… et à l'approche du château, les râles des morts-vivants amassés tout près se mêlent à leurs voix. Ils sont là ! Armés de gourdins, canifs, de frondes et d'espoir, vous foncez au combat.

Un zombie, puis un autre… les corps des créatures s'affalent les uns après les autres. Sans répit, tu recharges ta fronde de nouvelles pierres et attaques, bien plus à l'aise : tu es devenu un vrai champion ! Agenouillés juste à côté, Arthur et Guillaume prennent le pouls d'un ami malheureusement tombé puis, enragés, se jettent dans la mêlée, secondés par Madi qui déblaie le terrain en abattant un long manche en bois dans les jambes d'assaillants. Redoutable avec son lance-pierre, Axelle est pourtant en difficulté, prise entre trois zombies ligués contre elle.

Heureusement, dans un salto impeccable, Charlotte bondit sur deux d'entre eux, qui s'écrasent aussitôt dans l'herbe. Vraiment, une grande sportive !

Reformant une équipe désormais bien coordonnée, vous vous accolez tous dos à dos, à l'affût des ennemis, prêts à vous protéger. Mais tu sens soudain le sol trembler, une fraction de seconde.

Pris dans la bataille, personne d'autre ne semble avoir relevé l'imperceptible secousse. L'as-tu imaginée ?

Ton regard tombe alors sur le moulin, un peu plus loin, qui semble en train de s'effondrer. Il ne manquait plus que ça ! Ses murs délabrés ne résisteront pas longtemps… À la fenêtre, tu aperçois une silhouette… Sarah ? Elle vous fait de grands signes, paniquée.

Quittant ta formation, tu sautes au-dessus de cadavres de zombies, roules dans la terre mouillée, t'élances de nouveau à travers les branches et les pierres qui volent, pour enfin atterrir devant la porte du moulin, bloquée. À ta gauche gît une énorme bûche, à ta droite, Charlotte achève un ennemi… elle s'est lancée derrière toi pour te protéger ! À deux, vous devriez pouvoir enfoncer la porte.

Mais la fenêtre ouverte, là-haut, te fait de l'œil : penses-tu être capable d'escalader les ailes du moulin pour l'atteindre ?

Si tu tentes de forcer la porte avec Charlotte, va en A7.
Si tu préfères la grimpette, va en A6.

A 6

Agrippé à l'armature en bois d'une aile délaissée par la toile arrachée, tu grimpes de barreau en barreau et empoignes la vergue supérieure, qui pointe vers la fenêtre.

En bas, Charlotte redouble d'ardeur à pousser l'aile vers le haut et, lentement, péniblement, tu voles vers la lucarne.

Face à toi : l'horreur. Les crocs plantés dans la thyroïde de Sarah, un zombie relève la tête, le sang aux lèvres.

Laissant tomber sa dernière proie sur le plancher, il se jette alors sur toi et tente de te saisir par la gorge, mais tu parviens à l'esquiver de justesse et, pris dans son élan, le mort-vivant tombe à la renverse… et à travers la fenêtre.

De dos, Sarah se relève miraculeusement. Elle observe, étendus sur les montagnes de grains, baignant dans une flaque de sang à peine dissimulée par leurs deux corps inertes, ses amis qui gisent morts, dévorés.

Tu retiens ton souffle lorsque tu la vois se retourner… Son regard atone, ses épaules disloquées, ses narines dilatées ne trompent pas : elle est contaminée.

Impossible de sacrifier ton amie, tu l'épargnes en A14.
Pas le choix : il faut tuer Sarah. Va en A15.

A 7

Avec l'aide de Charlotte, tu ramasses le tronc d'arbre déraciné, qui manque aussitôt de vous tomber des mains tant il est lourd. Vous vous ressaisissez, prenez de l'élan… À la une… à la deux… à la trois ! La bûche s'abat brutalement sur la porte. Les murs du moulin en piètre état tremblent sous le choc, mais la porte, elle, résiste. Vous reprenez votre souffle et frappez de nouveau, sans succès.

— On va y arriver ! promet Charlotte, toujours pleine d'énergie.

Alors vous cognez, encore et encore : à chaque coup, la porte semble plus près de céder, mais à chaque coup, le moulin menace de s'effondrer. Et enfin, dans un grand fracas, le bois craque, la serrure saute, et la poutre qui bloquait la porte est repoussée. Vite, tu te faufiles entre les gravats et découvres, derrière un voile de poussière, le visage soulagé de Sarah… Elle te tend la main, tu lèves la tienne, mais vos doigts ne font que se frôler : dans une ultime secousse, le moulin tout entier s'écroule sur vous.

PERDU !

Même pas eu le temps d'échanger un mot avec Sarah ! Au moins, tu l'as retrouvée... dans la mort.

A 8

Vous vous élancez dans le marécage créé par la pluie en sautant de rocher en rocher pour ne pas vous enfoncer. Votre progression est lente car vous manquez de tomber sans arrêt. Enfin, vous… surtout toi. Élisabeth te presse, il ne faut pas attirer l'attention des créatures qui hantent probablement les environs à la recherche de chair fraîche.

Justement, à cet instant, le zombie pris dans la boue se met à hurler. Un hurlement rauque qui te glace le sang.

Déconcentré, tu glisses jusque dans la boue épaisse. Le marécage est bien profond ici. Tu tentes de te raccrocher aux rochers, mais tes mains sont pleines de vase et tu ne parviens à te raccrocher à rien.

— Élisabeth ! Je ne sens plus mes jambes !

— Calme-toi ! Il ne faut pas que tu t'agites, tu ne feras que t'enfoncer encore, te dit-elle sur un ton de reproche.

Tu essayes de te calmer. Tes jambes sont seulement un peu trop enfoncées, tu vas les récupérer. Du moins tu l'espères !

Élisabeth bondit sur les rochers jusqu'à toi. Elle attrape une liane d'un grand arbre et te la lance. Tu t'accroches et ta monitrice te tire de toutes ses forces. La liane d'un côté, la succion de la boue de l'autre, tu es comme écartelé, mais tu t'accroches et tiens bon.

Finalement, tu sens la vase autour de tes jambes céder et tu émerges. Ouf ! Vite, vous poursuivez votre chemin et arrivez tant bien que mal à un gros rocher d'où vous pouvez commencer l'ascension de la colline qui est étonnamment pentue.

Avec tes chaussures pleines de boue, tu glisses constamment. Tu tentes de te retenir, mais tu dérapes le long de la roche jusque dans un trou. Soudain, tout est noir autour de toi.

Mais où es-tu tombé ?

— Élisabeth, viens voir !

Va découvrir le repaire en A20.

A 9

Tu n'as pas vraiment le choix : si tes camarades du cabanon se faisaient dévorer, tu ne pourrais jamais te le pardonner ! Et malgré la peur qui te hante, tu as déjà pu constater qu'en combattant ensemble, unis, vous pouviez survivre face à ces bêtes.

Encore faut-il atteindre la cabane avant les créatures, heureusement lentes…

Décidés, vous rebroussez chemin. Dévalant une pente glissante pour éviter d'être repérés par la meute, vous parvenez en premier devant l'abri à la porte close. La faible lueur d'une bougie et des murmures étouffés vous indiquent toutefois que vos camarades sont bien là…

N'obtenant aucune réponse lorsque vous frappez, Arthur et toi vous apprêtez à forcer une fenêtre (comme dans les films !), quand doucement, la porte s'entrouvre.

— Faites vite ! chuchote quelqu'un à l'intérieur.

Cette voix… c'est Madi ! À côté de lui, une quinzaine d'adolescents entassés, les mines épuisées.

Bondissant du tonneau qui lui sert de fauteuil, un petit saute dans les bras de Charlotte, les larmes aux yeux. C'est Robin, son frère ! Tu cherches alors frénétiquement Sarah du regard, a-t-elle aussi réussi à fuir ? Quelqu'un l'a vue ? Pour toute réponse, tu n'obtiens que des regards gênés… Non, personne ne sait où elle est.

— Je croyais que vous alliez au château ? demande Madi, te tirant de tes pensées.

Parer au plus urgent… le danger, les zombies ! Tu préviens.

— On est venus vous dire de fuir ! Des zombies…

Trop tard ! Une jambe fracasse d'un coup sec la porte, dont les lattes volent en éclats. Et dans ce petit réduit, vous êtes pris au piège ! Vos hurlements n'y pourront rien : déjà les adolescents les plus près de la horde sont attaqués ! L'un d'eux est projeté contre le mur et empalé sur une faux suspendue. Horrible ! Submergé d'un vertige nauséeux, les jambes engourdies, tu te sens de nouveau défaillir…

Pourtant, il va bien falloir vous battre ! C'est Madi qui le comprend le premier : accroché à une poutre, il s'élance toutes jambes tendues vers un mort-vivant qu'il propulse contre le poêle en fonte. Son courage t'aide à te reprendre : attrapant un vieux fusil que tu penses déchargé, tu tentes d'assommer l'un de vos assaillants avec le canon, mais presses sans le vouloir la détente et vois la tête de la créature exploser. Secoué par la puissance du contrecoup, tu manques de perdre ton arme quand un nouvel ado défiguré se jette sur toi : sans réfléchir, tu fais feu. Raffermi, tu parviens ainsi à en foudroyer quelques autres, mais arrives vite à court de munitions.

Heureusement, armés d'un gourdin, d'une hache, ou encore d'un simple râteau, tes amis mettent autant de cœur à l'ouvrage : partout autour de toi, les coups fusent et les corps tombent. Le chaos est total... es-tu en train d'enjamber le cadavre d'un allié, d'un ennemi ?

De l'autre côté du cabanon, Madi saisit une bûche qui brûle dans le poêle et la jette sur son adversaire, dont le tee-shirt à moitié déchiré s'enflamme... le transformant en torche humaine... ou zombie. Comme un pantin désarticulé, la créature égarée se raccroche à un autre mort-vivant, qui prend feu à son tour. Vite, tu aides Madi à repousser les monstres fumants à l'extérieur, tandis que Charlotte achève le dernier zombie encore debout à l'aide d'un gourdin… et vous voilà enfin à bout de la horde. Ne restent alors plus que la fumée, des morceaux de chair éparpillés, des membres arrachés, une insupportable odeur de cervelle brûlée, et les pleurs de ceux qui viennent de perdre leurs amis.

Épuisé par la violence et découragé par la tristesse, tu remarques à peine Robin qui tire sur ta manche, l'air aussi perdu que toi.

— J'étais avec Sarah et deux autres grands… On voulait se cacher dans le moulin, à côté du château. Eux, ils ont réussi à se réfugier dans le grenier à grains, mais une poutre est tombée sur la porte qui s'est rabattue derrière eux. Moi, j'étais à la traîne, j'ai dû fuir dans les bois. Mais eux, ils doivent toujours y être… ils sont bloqués, avoue-t-il timidement.

Le moulin ? Tu es comme revigoré ! Sarah ! Tu peux encore la sauver ! Vite, il n'y a plus de temps à perdre ! Il faut foncer à leur rescousse. Mais les environs du château vont grouiller de zombies… quelle est la meilleure stratégie ?

L'attaque massive, tous au front : ensemble, vous partez en guerre contre les zombies du château, pour en finir une bonne fois pour toutes. Va en A5.

La discrétion, en petit nombre : une seule équipe va tenter de libérer vos camarades en secret… au risque d'être trop peu face aux zombies. Va en A10.

A10

Robin, Charlotte, Axelle et toi, et pas une personne de plus : pas question de se faire repérer ! L'équipe s'est vite constituée : Robin veut secourir le groupe qu'il a le sentiment d'avoir abandonné, hors de question pour Charlotte de laisser de nouveau son petit frère seul face au danger, et Axelle… Axelle est tout simplement courageuse. Irritante, c'est vrai, autoritaire, c'est sûr, mais aussi vraiment courageuse, tu es bien forcé de le reconnaître. Sous les encouragements de vos camarades, vous prenez le chemin du moulin, dont les ailes, au loin, piquent les nuages. Mais à l'approche du château, les zombies sont, comme vous le craigniez, plus nombreux, et vous êtes forcés de faire un détour pour atteindre le moulin en longeant la lisière du bois. Ici, la voie est libre… Vous foncez vers l'édifice à moitié en ruine qui, de près, fait peine à voir. Et, bien sûr, la porte résiste, bloquée… Tout près, une longue bûche pourrait bien te servir…

...de bélier : enfonce la porte en A7.
...d'échelle : pour aider tes amis à sortir par la fenêtre du moulin, va en A11.

A 11

Tous ensemble, vous faites rouler l'énorme bûche dans l'herbe fraîchie par la rosée, puis combinez vos forces pour la faire basculer contre le mur. Trop court, votre pont n'atteint toutefois pas la fenêtre du grenier à grains : vos camarades devront sauter pour l'atteindre et descendre jusqu'à vous. En haut, tu ne perçois aucun mouvement… Tu armes alors ta fronde d'une pierre, que tu parviens à envoyer à travers la fenêtre… et après quelques secondes seulement, le visage de Sarah apparaît dans la petite ouverture ! Elle est en vie ! Sans hésiter, ses deux copains enjambent la lucarne et s'élancent sur la bûche, puis se laissent glisser jusqu'au sol. Mais alors qu'elle s'apprête à les suivre, le regard de Sarah vire à l'angoisse.

— Derrière vous ! prévient-elle.

Une paire de zombies approche ! Vêtus à l'identique de longs tabliers blancs, ils ont l'air de spectres flottant dans la nuit ! Sûrement les cantiniers du château ? Paniquée, Sarah n'ose plus bouger… Vite, tu grimpes sur la bûche pour la rejoindre et, tous deux perchés dans un équilibre précaire sur le tronc, vous manquez de tomber lorsqu'un mort-vivant le soulève du sol. Vos amis, autour, ont sorti les armes. Tes yeux plongent dans ceux de Sarah… Ce seul regard suffit à vous entendre : comme un seul homme, vous bondissez sur la bête, qui tombe à la renverse. Venus à bout de l'autre cuisinier, vos amis rappliquent et, ne lui laissant aucune chance, Axelle ramasse une énorme pierre avec laquelle elle fracasse le crâne du zombie à terre. Beau travail d'équipe ! Les larmes te montent aux yeux : tout n'est pas terminé, mais Sarah et toi êtes sains et saufs, enfin réunis et, ensemble, tu es certain que vous parviendrez à fuir, certain que vous serez bientôt en sécurité. Comme toujours, Axelle devance tout le monde et se met en marche vers la cabane, vous invitant à la suivre. En retrait, Sarah et toi échangez un sourire…

— Merci d'être venu me chercher…, dit Sarah en rougissant.

— On s'est débarrassés du zombie ensemble…, rappelles-tu, tout ému. Tu es aussi courageuse que moi !

Un petit silence… Sarah semble se pencher… va-t-elle t'embrasser ? Derrière vous, une ombre se lève et une main émaciée s'accroche soudain à l'épaule de ton amie ! Le cantinier tué par vos camarades n'est toujours pas mort ! La gueule grande ouverte, il s'apprête à la mordre !

Tu fonces tête baissée et renverses le zombie, va en A12.
Tu t'élances et plaques Sarah au sol, va en A13.

A 12

Les épaules rentrées, la tête courbée, tu charges sans hésiter et percutes le zombie en plein torse… recueillant au passage des petits morceaux d'entrailles agglutinés dans tes cheveux. Mais pas le temps pour une danse de la victoire : à terre, le cuisinier t'entraîne brusquement vers lui, déterminé à goûter ta chair.

Tout aussi féroce, tu luttes, tentes de te dégager, mais la créature est plus vigoureuse et roule au-dessus de ton corps. Assise sur ton ventre, elle plante sa mâchoire dans ton cou qui dégorge de sang chaud, tandis que Sarah pousse un cri horrifié. Que fait-elle encore là ? Elle doit fuir !

Tu voudrais parler, mais, déjà, tu sens ton esprit se perdre et tes forces te quitter. Avec le peu de volonté qui te reste, tu parviens enfin à la supplier.

— Pars, Sarah ! Fuis !

Les yeux pleins de larmes, elle hésite. Mais enfin, elle tourne les talons et disparaît de ta vue, qui devient floue… ta crainte pour son sort lui aussi semble se diluer… qui est Sarah, d'ailleurs ? Tout ce qui t'obsède maintenant, c'est une faim dévorante de cerveau humain.

FIN MOYENNE

Tu as sauvé ton amie : Sarah va fuir et prévenir la ville du danger. Bravo pour ce sacrifice héroïque, mais la prochaine fois, essaie de rester humain...

A 13

De tout ton poids, tu t'écrases sur la pauvre Sarah qui, si vous êtes toujours en vie demain, devrait se retrouver avec de beaux hématomes... Mais le jeu en valait la chandelle : dans l'élan, le zombie bascule, tandis que ses crocs se referment sur eux-mêmes dans un craquement ignoble.

Toujours au sol, Sarah et toi roulez pour éviter le monstre... Vous n'aviez toutefois pas vu le talus, à l'orée du bois : d'un coup, vous glissez et dévalez la pente, pour échouer brutalement dans un berceau d'épines. Il faudra faire avec les ronces : au moins, vous êtes hors de vue du cuisinier. Toujours allongés l'un contre l'autre, presque enlacés, vous reprenez votre respiration, doucement soulagés... Tu prends alors conscience de cette proximité, et le silence rassurant devient pesant. Mais après une telle nuit, tu ne veux pas manquer ta chance... c'est le moment d'avouer tes sentiments. Cette seule pensée te fait rougir : que feras-tu si Sarah ne les partage pas ?

— Sarah…, commences-tu timidement.

— Chut ! te coupe-t-elle aussitôt, concentrée.

Un peu violent…

— Tu entends ? demande-t-elle. C'est Robin, non ?

Déblayant d'un coup les ronces, votre petit groupe apparaît, le sourire aux lèvres : ils n'allaient quand même pas partir sans vous…

SAUVÉS !

Sauvés ? Pas si vite ! Vous rejoignez la cabane où vous attendent vos amis, soulagés de vous retrouver. Tous ensemble, vous prenez la route de la ville qui se réveille et doit vite être prévenue... avant que les zombies ne se répandent dans le monde entier.

A14

Peut-on raisonner un zombie ? Sarah approche. Ensanglantée, boiteuse. Son souffle est lourd, comme empêché… Ton amie semble en grande souffrance, et tu as presque l'impression qu'elle te demande de l'aide. Peut-être qu'il y a de l'espoir, peut-être que tu peux encore la sauver… Sarah est tout près maintenant et, tout doucement, elle se penche vers toi, comme prête à t'embrasser. Tu fermes les yeux un court instant, juste une seconde, et sens ses dents chercher ta peau…

Ce seul contact te ramène à la réalité : brusquement, tu t'écartes et la repousses. Ton amie ne semble pas apprécier ce geste… Sa mâchoire se crispe, et son regard devient méchant. Plus rapide, tu te jettes sur elle et, les larmes aux yeux, l'entraînes contre le mur. Là, saisissant une corde, tu tentes d'attacher Sarah au rouet du moulin, mais elle se débat, féroce. Une épaisse mousse blanchâtre infeste la commissure de ses lèvres, ses yeux fous sont ceux d'un animal enragé… Tu as beau toi aussi lutter pour lier ses bras, tu te sens démuni… et relâches légèrement l'étreinte. Erreur fatale ! Sarah hurle sa rage et te fracasse d'un coup le crâne contre le mur. Au sol, tu peines à garder les yeux ouverts, sonné. Les paupières lourdes, tu entrevois une dernière fois le visage de ton amie, entièrement couvert de sang, méconnaissable… et insatiable.

PERDU !

Tu vas enfin te rapprocher de Sarah... mais sûrement un peu trop.

A 15

Sur le plancher couvert de grains, la longue lame d'une hache abandonnée.

La seule idée du geste est insupportable, sa seule pensée se transforme dans ta gorge en sanglot… qu'il faut pourtant étouffer.

Pour Sarah, tu n'es déjà plus qu'une proie : traînant son corps mutilé, elle peine toutefois à t'atteindre, et tu n'as aucun mal à saisir la hache, que tu lèves au-dessus de ta tête, le cœur en lambeaux.

— Je t'aime, Sarah, avoues-tu dans un murmure étranglé.

La lame s'abat.

Perché sur l'aile du moulin, tu en perçois à peine le lent mouvement qui te ramène au sol. Là, tu t'écroules dans l'herbe, le corps cotonneux, l'oreille sourde au reste du monde.

Comme c'est étrange, ce silence… Autour de toi, les zombies semblent avoir disparu du champ de bataille. N'avoir jamais existé. Partout, tes camarades exténués s'embrassent, se sautent dans les bras, pleurent de tristesse et de joie… c'est fini. La main de Charlotte vient alors t'aider à te relever. Vidé de toute force, tu manques de nouveau de tomber, forçant ta camarade à te soutenir pour clopiner vers vos amis.

— Qu'est-ce qui s'est passé, en haut ? t'interroge Charlotte.

— Rien, articules-tu avec difficulté. Ils étaient déjà tous morts, mens-tu, un nœud dans la gorge.

Jamais tu n'aurais pensé devoir vivre un jour avec un tel poids sur la conscience. Tu sais que tu n'avais pas le choix… mais quel faible réconfort.

FIN MOYENNE

En restant soudés, tes amis et toi êtes venus à bout des zombies. Mais ta victoire a un goût amer…

A 16

Pour ne pas être repéré, tu éteins ta lampe de poche. Vous êtes presque au sommet quand le groupe se jette sur vous pour vous attaquer. Vous vous levez d'un bond pour répliquer. Vous n'allez pas vous laisser faire comme ça ! Dans la précipitation, tu ne distingues pas les visages de tes ennemis. Les coups fusent de toutes parts. Soudain, un cri ! Un cri humain. Est-ce Élisabeth ? Tu te figes, c'est le zombie au bout de ton canif. Sauf que ce n'est pas un zombie, c'est… Jordan. Tu ne l'avais pas reconnu et lui non plus. Tu sens un coup à l'arrière de ta tête puis entends une voix familière crier ton nom avec horreur. Tout devient noir.

PERDU !

Il est important de se méfier de ses ennemis, encore plus de savoir reconnaître ses amis. Tu t'en souviendras !

A 17

Élisabeth et toi guidez vos camarades tout en poussant les lourdes pierres. Les trois cercles concentriques sont dessinés au prix d'un gros effort et de beaucoup de temps. Lorsque vous finissez votre tâche, les premiers rayons du soleil commencent à poindre. En quelques secondes seulement, les pierres s'allument, une à une. Un rayon de lumière les relie puis est projeté dans le ciel. Sa forte lumière bleue dissipe instantanément les nuages.

Un zombie puis d'autres sortent de la forêt et s'approchent de vous. Tu reconnais parmi eux tes amis du campement, ceux que tu avais vus s'enfuir dans la forêt. Finalement, tu as peut-être bien fait de ne pas les suivre.

— Euh, il se passe quoi ? demande Jordan, paniqué.

— Je ne sais pas, je ne pensais pas que ça ferait ça, réponds-tu, fébrile.

Vous vous apprêtez à vous défendre quand vous entendez un bourdonnement. Un vent fort se lève d'un coup. Tu lèves la tête : un hélicoptère s'approche de vous! Les secours sont là! Une échelle descend jusqu'à vous. Un à un, vous montez le plus vite possible, car les zombies, toujours plus nombreux, se rapprochent dangereusement. Juste derrière toi, Martin ferme la marche. Mais alors que le voilà presque à bord, un zombie le suit sur l'échelle et lui attrape la jambe. Tu prends sa main et le tires vers toi. Le mort-vivant ne lâche pas sa proie. Martin se débat de toutes ses forces.

— Aidez-moi! On ne peut pas le laisser! cries-tu à tes amis déjà à bord avec toi.

Élisabeth te passe sa machette.

— Martin, surtout ne bouge pas.

Il n'a pas l'air rassuré, mais ne moufte pas. Tu prends une grande inspiration et… vlan! tu décapites d'un coup le zombie dont la main lâche instantanément ton ami. Vous voilà sauvés!

SAUVÉS!

Bravo! Grâce aux informations que vous leur avez données, les autorités ont retrouvé une partie des adolescents sains et saufs. Mais Sarah ne fait pas partie des survivants, et ta victoire est bien triste…

A 18

Tu donnes des directives à tes camarades qui peinent à déplacer les énormes rochers pour en faire quatre cercles parfaitement concentriques au sommet de la colline. Chacun s'y met et comme vous êtes nombreux, l'opération ne prend finalement pas si longtemps. Une fois les cercles dessinés, vous contemplez votre travail en attendant que quelque chose se passe. Mais rien. Vous attendez…

— Ben alors, dit Martin. Elle est où, ta magie ?

Soudain, un étrange bourdonnement monte des pierres. Elles se mettent toutes à vibrer, comme sous l'effet d'un tremblement de terre. Le bourdonnement s'intensifie, mais le ciel reste désespérément sombre. C'est alors que vous apercevez, sortant de la forêt, un zombie, puis deux, puis toute une horde. Il s'agit de tous vos camarades ainsi que d'inconnus, tous zombifiés. Ils avancent vers vous de tous côtés. Vous êtes encerclés. Il n'y a aucune échappatoire. Cette sorcière vous a bien eus ! Ou est-ce toi qui t'es trompé ?

À peine t'es-tu posé la question qu'un monstre se jette sur toi.

PERDU !

Fais plus attention à ce que tu as sous les yeux la prochaine fois !

A 19

Le corps décharné du zombie qui s'enfonce dans les sables mouvants ne te dit rien qui vaille.

— Passons par la clairière, Élisabeth !

— Hum..., hésite la monitrice. Je n'aime pas être à découvert comme cela.

— Nous serons discrets ! Si nous nous enfonçons dans la boue et que des zombies arrivent, nous serons faits comme des rats !

Élisabeth acquiesce. Tu n'es pas peu fier de l'avoir convaincue. Ses leçons commencent peut-être à porter leurs fruits, tu penses déjà de façon stratégique. Vous avancez le plus silencieusement possible, espérant ne pas être repérés.

Quels sont ces arbres étranges à l'orée du bois ? Ils semblent avancer vers vous... Oh non ! La silhouette d'une bande de morts-vivants se dessine de plus en plus nettement. Ils vous ont vus et semblent bien décidés à faire de vous leur dîner. Vous vous mettez à courir.

Tu trébuches et tombes, ton pied est coincé dans un terrier de lapin. Élisabeth fait demi-tour pour t'aider, mais il est déjà trop tard. Les zombies sont tout autour de toi.

PERDU !

La prochaine fois, tu écouteras Élisabeth, la première règle de la survie, c'est d'être toujours à couvert !

A 20

Élisabeth descend en se cramponnant et te rejoint dans ce que tu vois maintenant clairement : un repaire secret, caché en pleine forêt. L'endroit est tapissé de feuillages et bercé d'un puits de lumière à l'endroit où tu es tombé.

Vous inspectez les lieux. Il y a un vieux chaudron rouillé. Quelques vieilleries en ferraille, des ustensiles principalement, sont accrochées à des lianes qui pendent près du chaudron. On dirait le repaire d'une sorcière de conte ! Incroyable !

Tu ouvres un petit coffre de bois vermoulu. À l'intérieur, de vieux parchemins avec des notes et des plans de la région. Sur l'un d'eux tu remarques un schéma avec des pierres pyramidales disposées en trois cercles parfaitement concentriques.

— C'est le sommet de la colline, dit Élisabeth qui regarde par-dessus ton épaule. Là, le gros arbre au milieu, c'est un chêne millénaire qui trône tout en haut de la Mothe.

Sur un second parchemin, des rayons lumineux semblent se dégager des pierres et se rejoindre dans un effet un peu surnaturel… Tu es comme hypnotisé pendant un instant, mais le souvenir des zombies qui vous pourchassent te sort bien vite de ta torpeur.

Heureusement, sous les feuillages, vous trouvez une petite porte, menant à un chemin. Vous l'empruntez et vous remontez ainsi à la surface. Mais une fois dehors, vous tombez nez à nez avec un zombie qui erre tout seul. C'est Tom, un garçon de ton groupe. Son visage est déformé, comme s'il pourrissait sur place. Mais avec son jogging rouge et son maillot du Milan AC, tu le reconnaîtrais entre mille ! Bien sûr, il vous repère tout de suite et se jette sur vous. Il va falloir vous battre.

Tu n'as d'autre choix que sortir ton couteau suisse, tandis qu'Élisabeth empoigne sa machette. Mais avant qu'elle n'ait pu donner le moindre coup, Tom l'assomme. La monitrice est au sol, inconsciente, tu dois te débrouiller seul. Tu essaies de le frapper avec ton couteau, mais tes assauts ne semblent pas l'affecter. Il semble tout juste agacé et met un grand coup dans ta main, projetant ton couteau un peu plus loin ! Il ne te reste que tes jumelles qui pendent à ton cou. Tu les empoignes et te sers du lacet pour les faire tourner au-dessus de ta tête. Puis tu projettes les jumelles sur le crâne du monstre qui a remplacé ton ami. Un bruit d'os qui craque, et la créature s'écroule, inanimée.

Tu ramasses tes jumelles dont un des verres est fendu. Élisabeth est encore inconsciente et déjà un autre zombie arrive.

Veux-tu l'attaquer ou essayer de réveiller Élisabeth pour fuir ensemble ?

Pour combattre le zombie, file en A21.
Si tu préfères réveiller Élisabeth, rendez-vous en A22.

A 21

— Aaaaaaaahhhhh !

Tu te lances à l'attaque du zombie en poussant un grand cri de guerre pour te donner du courage. Tu essayes tant bien que mal de tenir les dents avides du mort-vivant à distance, mais celui-ci est incroyablement fort. Tu trébuches et tombes en arrière, le monstre est sur toi. Pris dans la pente, vous roulez au sol et gagnez de la vitesse.

Finalement, vous vous arrêtez dans un grand choc. Tu relâches ta prise pour te protéger. Tout est calme à nouveau. Tu lèves les yeux et découvres la créature écrasée contre un rocher. Tu inspectes ton corps à la recherche de traces de morsures, mais à part quelques bleus tout va bien. Te voilà sain et sauf ! Mais tu es couvert de sang de zombie et tu es maintenant bien loin d'Élisabeth. Tu remontes la pente, mais il fait noir, froid, tu es seul et tu as faim. Repensant aux conseils de la monitrice, tu refuses de t'arrêter. Quelles sont tes chances de retrouver ton amie ? Soudain, heureusement, tu aperçois des lumières au loin : quelqu'un semble être en train d'envoyer un message, sûrement avec une lampe torche. Court, court, long, long… ça ressemble à du morse. Dommage que tu ne parles pas ce langage. Mais Élisabeth, elle, le connaît probablement et te donne sa position ! Il faut que tu rejoignes l'origine du signal lumineux. Tu retrouves espoir et te lances vers la lumière. Alors que tu es tout près de la lueur, ta jambe se prend dans une branche. Tu te retrouves propulsé vers le haut et suspendu à un arbre dans un petit filet fait de lianes ! Tu crains le pire, mais apparaît… Élisabeth ! Elle a l'air très remontée.

— Je t'ai prévenu en morse que j'avais placé quelques pièges pour me protéger. Pourquoi tu as foncé dedans ?

— Mais je ne parle pas le morse ! dis-tu comme une évidence.

— Quoi ? Tout le monde ne maîtrise pas le morse ? s'étonne honnêtement Élisabeth.

C'est décidément un drôle de personnage, cette monitrice. Heureusement, elle te libère d'un coup de machette.

— Allez, dépêche-toi, je ne voudrais pas qu'on attire des zombies, te presse-t-elle.

Tu te relèves en te frottant les fesses, tu as mal partout. Elle est drôle, elle ! Mais Élisabeth a raison, il faut filer. Vous êtes d'ailleurs tout près du sommet.

— Vite, je veux te montrer quelque chose, te dit Élisabeth en souriant.

Va voir ce qu'a découvert Élisabeth en A23.

A 22

Tu secoues Élisabeth, qui se réveille juste au moment où la créature arrive à votre hauteur. Elle se lève d'un bond et fonce tête baissée dans le ventre du mort-vivant qui te lâche et recule, pris de court. Plié en deux, le zombie recrache, dans un haut-le-cœur, une oreille qui tombe dans l'herbe.

Tu en profites pour ramasser la machette d'Élisabeth restée à terre, et te jettes sur lui. Le pauvre monstre n'a pas le temps de se défendre que la lame lui entaille déjà le cou.

— On fait une bonne équipe, petit ! te félicite Élisabeth.

Vous reprenez la route. Alors que le sommet approche, tu vois au loin une masse qui avance vers vous. Vite, tu dégaines tes jumelles et aperçois la casquette fluorescente de Jordan, un des jeunes de la colonie. Super ! D'autres ont eu l'idée de grimper au pic, vous allez trouver des alliés. Tu leur fais de grands signes, mais Élisabeth t'arrête.

— Qu'est-ce que tu fiches ? Tu es certain qu'ils sont encore humains ? À cette distance, impossible de le savoir. Il faut rester sur nos gardes.

Tu acquiesces, mais tu sais qu'ils viennent du château et tu espères de tout ton cœur que Sarah soit parmi eux. C'est quand même étrange, le groupe d'en face est plus lent que vous… Plus lent… Pourtant, ils ont l'air de parler les uns avec les autres. Comment savoir si le groupe qui arrive est humain ou zombie ?

Ce sont sûrement des zombies.
La meilleure défense, c'est l'attaque : va en A16.
Tu veux croire qu'il s'agit d'humains,
continue vers le sommet en A23.

A 23

— Regarde ! Nous ne sommes pas tout seuls !

Du doigt, Élisabeth te désigne plusieurs survivants. Des adolescents qui faisaient comme toi partie du groupe du campement. Ils ont eu la même idée que vous. Heureux, tu tombes dans les bras de Jordan, Soraya, Louise et Martin. Tu n'as jamais été aussi heureux de les voir, jamais été aussi heureux de voir qui que ce soit !

— Et les autres ? leur demandes-tu, inquiet.

— Ceux du château, on ne sait pas. En revanche, pour le groupe du campement, tout le monde a été zombifié, répond Soraya d'un air atterré. Vous êtes les seuls que nous n'avons pas croisés dans la soirée.

Tu te rembrunis. Tu te demandes ce qu'il en est pour Sarah. Au cours de la nuit, tu n'as cessé de te raccrocher à l'espoir de la revoir. Et si tu l'avais perdue à jamais ?

— Il faut qu'on trouve un moyen d'appeler à l'aide, dit la pragmatique Élisabeth.

— Et si on faisait un grand feu ? propose Jordan.

— Tu es fou ? s'inquiète Soraya. Ça va surtout attirer les zombies ! Et puis c'est trop dangereux, on risque de finir carbonisés.

— Ben, vas-y si tu as une meilleure idée !

Pour calmer ses camarades, Martin suggère :

— On peut bouger les gros rochers, là, pour écrire « Help » comme dans les films !

— N'importe quoi ! s'agace Louise.

Le petit groupe continue de se chamailler un moment sous le regard atterré d'Élisabeth. Mais tu n'y fais pas attention. Tu regardes fixement les rochers dont parlait Martin. Ces grandes pierres en forme de pyramides autour d'un immense chêne te disent quelque chose. Mais bien sûr ! Le schéma dans le repaire de la sorcière ! Vous pouvez peut-être créer les faisceaux lumineux qui y étaient décrits. Tu montres les rochers à Élisabeth qui en convient : c'est le meilleur plan que vous ayez pour l'instant. Avec son autorité naturelle, elle fait cesser la dispute et met tes camarades au travail. Il faut déplacer les pierres exactement comme dans le plan de la sorcière. Mais comment étaient-elles disposées, déjà ? Es-tu sûr de t'en souvenir ?

Si tu penses qu'il s'agissait de trois cercles, va en A17.
Si tu penses qu'il s'agissait de quatre cercles, va en A18.

B1

Tu as choisi de commencer par les fouilles. L'histoire que Nathan vous a racontée a éveillé ta curiosité et tu brûles d'en savoir plus sur le funeste destin des Bois de Riocour. Avec de la chance, vos fouilles mettront au jour de nouveaux indices qui vous permettront d'élucider la disparition du baron et de sa famille. Super ! Sarah a elle aussi choisi de rejoindre le groupe de Nathan.

Le moniteur vous emmène dans les dortoirs pour y déposer vos affaires puis vous fait visiter le château qui se révèle encore plus lugubre à l'intérieur. Si la partie rénovée de l'édifice est relativement accueillante, l'autre aile est digne d'un film d'horreur. Vous suivez Nathan qui tente de détendre l'atmosphère avec des blagues qui tombent systématiquement à plat. Le grand escalier de pierre à moitié écroulé vous mène à l'étage, à peine éclairé par de vieux chandeliers. Dans le grand couloir plein de toiles d'araignées, tu frissonnes en entendant la plainte déchirante du vent.

Tu te tournes vers Sarah qui tremble elle aussi, mais plutôt de froid que de peur.

— Prends ma veste si tu veux, dis-tu en tendant ton blouson en jean.

Ton amie accepte en souriant. Un bon point pour toi !

Le lendemain, les fouilles commencent dès l'aube. Habillé et prêt à descendre dans la crypte dès 7 heures du matin, tu commences à regretter un peu ton choix. Vous êtes censés être en vacances, quand même ! En plus, peut-être est-ce à cause de la légende qui entoure le château, mais tu ne peux t'empêcher de sursauter au moindre bruit suspect, au moindre mouvement dans l'ombre.

— Bah alors, tu as peur des fantômes ? se moque gentiment Sarah.

— Pas du tout ! J'y crois pas à ces histoires.

Tu te défends un peu trop vivement pour être crédible. Ce n'est pas comme ça que tu vas briller aux yeux de Sarah.

Mais les profondeurs de la crypte ne sont pas franchement rassurantes. L'air froid, les zones d'ombre, les grincements… Tu n'es d'ailleurs pas le seul à avoir un peu peur : victime d'une crise de claustrophobie, Victor fait un malaise après à peine une heure sous terre et est obligé de remonter se reposer. Accroupis sur le sol dans une des salles principales de la crypte, vous déterrez et époussetez talismans, pièces de bronze et autres objets funéraires.

— Cette crypte est bien plus ancienne que le château, vous informe Nathan en inspectant une dague sous la lumière du projecteur. Il va falloir faire dater ces objets, mais il est possible que les premiers rites funéraires pratiqués ici remontent aux Romains !

Tu sautes de joie ! Peut-être allez-vous faire une découverte historique !

Fin de la première journée de fouilles ! Malheureusement, vous n'avez pas trouvé grand-chose, à peine mis à jour quelques vieilles pierres, et vous êtes couverts de poussière.

La découverte historique, ce ne sera peut-être pas pour tout de suite. Vous remontez enfin vers le château. À peine à la surface, vous croisez Victor. Il s'est relevé, mais n'a pas l'air d'aller mieux, d'ailleurs, il ne marche pas franchement droit.

— Victor ! l'appelles-tu. Ça va ? Tu devrais peut-être te recoucher, non ? T'as pas l'air bien.

Victor ne te répond pas, à la place, il grogne. Son comportement est plus qu'étrange… Et son visage ! Il est blanc comme un linge et a un long filet de bave qui dégouline sur son menton.

Glen, son meilleur ami, s'approche et passe son bras autour de lui pour l'aider à marcher. Mais à peine l'a-t-il touché que Victor se jette sur lui et le mord jusqu'au sang. Glen hurle avant de s'écrouler. Tu regardes Nathan, le moniteur, pour qu'il intervienne, mais celui-ci semble totalement démuni face à cette situation inédite. Tous tes camarades regardent, horrifiés, Victor dévorer Glen à belles dents. Sarah te tire en arrière, mais la peur te paralyse. Tu ne peux détacher tes yeux du cadavre décharné du garçon. C'est alors que tu vois le corps de Glen remuer. Tu cries :

— Il est vivant ! Vite, il faut l'aider, il est vivant !

Mais tu ne parviens toujours pas à bouger. Glen se relève, blanc lui aussi, et la bave aux lèvres. Les profondes morsures sur son corps ne semblent pas le gêner. Victor et lui s'avancent vers vous, les yeux fous et avides de sang. Comment est-ce possible ? Tu as l'impression d'être dans un film d'horreur.

Un cri strident retentit tout près. Tu regardes autour de toi tes camarades pris de panique qui courent en tous sens. Ce cri, c'est le tien. Te voilà si terrifié que tu ne t'es même pas rendu compte que tu hurlais. Ce n'est pas possible, mais pourtant c'est vrai, Victor et Glen titubent vers vous comme de vrais zombies. La tête te tourne, tu n'as plus tes repères. Seule Sarah est restée à tes côtés, comme paralysée elle aussi. Victor et Glen ne sont plus qu'à quelques mètres de vous, il faut fuir si vous ne voulez pas finir comme eux. Mais où ? Tu tentes de te calmer pour observer les alentours. Derrière toi, la crypte d'où vous sortez est l'abri le plus proche. Mais la plupart de tes camarades sont en train de courir vers le château pour s'y réfugier.

Si tu veux retourner dans la crypte pour te cacher, va en B2.
Si tu préfères foncer vers le château pour rejoindre les autres, va en B3.

B2

Tu prends la main de Sarah et l'attires dans la crypte en courant. Plusieurs de tes camarades ont été mordus par Glen et Victor. Déjà, ils se relèvent en titubant et suivent les autres qui se ruent vers le château. Ils ne semblent pas faire attention à Sarah et toi, bien joué ! Mais il ne faut pas crier victoire trop vite, car Victor et Glen vous suivent dans la crypte. Un de tes camarades encore en vie prend peur en les voyant. Il ferme l'entrée de la crypte. Vous voilà enfermés dans le noir avec deux zombies !

Tu es en colère contre l'idiot qui a fermé la porte, d'autant que tu sais que ça ne le sauvera pas, avant que la porte ne se ferme tu as aperçu d'autres zombies qui arrivaient du château.

Au cœur de l'obscurité, tu n'entends que les grognements irréguliers des créatures qui vous cherchent. Tes doigts serrent la main de Sarah pour ne pas la perdre. Vous avancez silencieusement vers les profondeurs. Combien de temps allez-vous pouvoir éviter Victor et Glen ? Quelqu'un va-t-il venir vous chercher ? Reverrez-vous un jour le ciel et la lumière du soleil ? Très vite, tu commences à désespérer.

— Il faut qu'on avance, te chuchote Sarah. Il doit bien y avoir une autre sortie quelque part.

Tu acquiesces silencieusement et vous vous mettez en marche, tentant de vous souvenir des alentours. Soudain, tu heurtes quelque chose. Ouf ! Ce n'est qu'un mur. Mais ce petit choc suffit à détacher une pierre qui tombe au sol dans un grand bruit. Sarah et toi vous figez. Tout d'un coup, tu es pris d'un haut-le-cœur. Une odeur nauséabonde te parvient aux narines et tu sens de la bave tiède couler sur ton cou.

— Cours ! hurles-tu à Sarah.

Vous fuyez à l'aveuglette, rencontrant sans cesse des obstacles sur votre passage. Tu n'as plus aucune idée d'où vous pouvez être, la panique t'a fait perdre tout sens de l'orientation. À bout de souffle, vous vous arrêtez. Tous tes sens sont en alerte et tu es prêt à décamper au moindre bruit. Rien, vous semblez les avoir semés, enfin, c'est ce que tu espères.

— Tu as une idée d'où on est ? demandes-tu à Sarah.

— Non, on est perdus. Il y a un mur là, juste à ma gauche. Longeons-le, c'est le meilleur moyen de ne pas se perdre.

Tandis que vous avancez, vos doigts courent sur la paroi froide et humide de la crypte. C'est alors que tu sens quelque chose, une irrégularité sous tes doigts : un fil. Un fil électrique peut-être ? Tu le suis jusqu'à un interrupteur. Enfin, de la lumière ! Des spots électriques ont été installés pour que vous puissiez y voir clair pendant les fouilles.

— Stop ! t'arrête Sarah. Si tu allumes nous allons y voir clair oui, mais les zombies aussi. C'est trop dangereux, tu ne crois pas ?

Sarah n'a pas tort, mais en restant dans le noir vous risquez d'être perdus à jamais. Que fais-tu ?

Si tu allumes la lumière, va en B4.

Si tu choisis de rester dans le noir, va en B5.

B3

Attrapant vivement le bras de Sarah, tu t'élances vers le manoir, mille images en tête. Les crocs ensanglantés de Victor, de Glen, et maintenant de deux, trois, quatre autres adolescents…

Les cris de stupeur de tes camarades parmi lesquels vous vous frayez un chemin, les corps lourds qui s'effondrent… Tu sens tes jambes trembler, prêtes à céder, mais vous passez enfin la porte.

À l'intérieur, les adolescents cherchent des cachettes, d'autres grimpent les escaliers en hâte. Réfugiés derrière un buffet massif, Sarah et toi risquez un coup d'œil à travers une grande fenêtre, et apercevez un petit se faire dévorer par Victor… Tu réprimes un haut-le-cœur, décidément perdu et dégoûté.

— J'y crois pas ! s'affole Sarah. Des zombies !

Ce que vous venez de voir dehors, ce ne sont plus des humains, mais des bêtes. Affamées et dénuées de raison. Autour de vous, le calme a gagné le hall. Tout le monde a disparu, et vous êtes terriblement seuls. Ce qui n'est pas à ton goût… Soudain, la porte s'ouvre sur Nathan, qui se précipite à l'intérieur… avant de s'étaler brusquement sur les dalles, pour être traîné en arrière dans un râle.

— On ne va pas pouvoir compter sur lui, commente ton amie, choquée.

— Clairement. Et les zombies sont tout proches…

Avisant l'escalier central, tu tires la manche de Sarah.

— On fonce ! Il y a un téléphone fixe à l'infirmerie, au deuxième étage. Il faut qu'on appelle à l'aide !

Sans lui laisser le temps de répondre, tu te rues vers l'escalier, porté par la panique plus que par le courage. Au même moment, deux ados enragés pénètrent dans la grande entrée du château.

Raides comme des piquets, Sarah et toi vous accolez au mur de l'escalier en colimaçon, que vous montez au ralenti, aussi discrètement que possible, les yeux rivés vers ces étranges créatures errantes.

Heureusement, elles font plus de bruit que vous, soulevant et projetant à travers la pièce les meubles et les décorations, à la recherche de viande fraîche, révélant ainsi une force surhumaine. Vous avez bien fait de quitter votre cachette… À peine éclairés par les lucarnes, vous atteignez un sombre palier, où l'escalier se divise en deux. Vous êtes enfin hors de vue…

— Ouf! on l'a échappé belle! chuchotes-tu, soulagé.

Mais Sarah met son doigt sur sa bouche, t'invitant à te taire. Elle pointe les marches du côté gauche: concentré, tu entends alors un râle lent, à peine audible et pourtant qui suffit à te glacer le sang… un zombie?

Mais du côté droit, l'escalier n'a de toute évidence pas été rénové. Quelques marches ont dû s'effondrer avec le temps, car un gros trou empêche d'atteindre l'étage.

Tu tentes ta chance avec le zombie : à l'attaque ! Va en B6.

Un petit saut, et tu es sauvé ! Va en B7.

B 4

La lumière des projecteurs t'aveugle et tes yeux ont besoin d'un instant pour s'habituer. Tu détailles ton environnement : personne en vue, ouf ! Sarah et toi êtes dans une grande salle souterraine aux belles colonnes gravées dans la roche. Vous vous aventurez plus avant, en essayant de comprendre dans quelle partie de la crypte vous vous trouvez. Tu regrettes amèrement de n'avoir pas écouté les indications de Nathan qui vous a expliqué comment était organisé l'endroit ce matin. Pendant ce temps, tu faisais des blagues avec Sarah, vous avez l'air malins à présent !

— Je n'arrive toujours pas à y croire, dis-tu à ton amie. Pourquoi Victor et Glen se sont transformés en monstres ? Ça n'a aucun sens ! Tu crois que c'est une maladie ?

— Je ne sais pas. Quand j'ai croisé le regard de Victor, j'étais terrifiée. Il avait les yeux complètement vides, comme si son corps bougeait tout seul.

— Je n'arrête pas de me dire que c'est un cauchemar et que je vais bientôt me réveiller.

— Oui, un cauchemar. Ou un film d'horreur… un film de zombies!

Vous n'avez pas le temps de discuter plus longtemps de la théorie de Sarah qu'une forme sort de l'ombre. Ce n'est pas Victor ni Glen, c'est un adulte que tu ne reconnais pas. Lui aussi avance en grognant, la bave aux lèvres. Il est en bien plus mauvais état que ses congénères. À travers sa chair pendante, tu peux voir distinctement les os de ses côtes et de son visage. La créature se jette sur vous, affamée. Heureusement, elle est lente, plus lente que vous. Tu repères les spots lumineux contre le mur, seule arme à portée de main. Tu en attrapes un. 5, 4, 3, 2… tu attends patiemment que le zombie soit à la bonne distance et… bam! tu fracasses le spot sur la tête de la créature qui s'écroule. Tu t'approches du corps sans vie encore secoué de quelques spasmes. Sarah se penche et attrape un petit carnet de cuir qui dépasse de sa poche. Ses vêtements à moitié en lambeaux sont étranges.

— Il est déguisé, tu crois? demandes-tu à Sarah.

— Non, répond-elle, l'air songeur. Je dirais plutôt d'une autre époque.

En ouvrant le carnet, vous découvrez son journal.

— C'est un archéologue ! s'exclame ton amie. Venu faire des fouilles ici dans les années 1930.

— 1930 ? Mais je croyais que personne n'était venu ici depuis la disparition des Bois de Riocour !

Sarah hausse les épaules, tout ça est de plus en plus curieux. Vous lisez la dernière page du carnet :

D'étranges créatures peuplent cette crypte. Elles ressemblent à des hommes, mais agissent comme les plus vicieuses des bêtes sauvages. J'ai réussi à les repousser, mais l'une d'elles m'a mordu. Je sens la fièvre monter… mon esprit part, écrire ces mots m'est difficile… Et cette faim, cette faim insatiable !

Une série de gribouillages suivent, puis plus rien. Vous remontez au passage précédent.

Après tout ce temps me voilà tout près du but ! J'ai enfin trouvé l'autel qui est – j'en suis certain – la clef pour percer le secret de la disparition des Bois de Riocour !

Puis une carte indique le chemin vers le fameux autel. Ces écrits aiguisent votre curiosité. Vous décidez de suivre les instructions. Ce carnet vous aidera peut-être à trouver une sortie !

Les notes vous mènent jusqu'à une salle exiguë au centre de laquelle se dresse un autel blanc, gravé d'étranges figures. Vous l'inspectez dans ses moindres détails à la recherche de quelque chose qui expliquerait l'enthousiasme de l'archéologue. Un bruit derrière vous vous fait sursauter. Ce sont Victor et Glen qui vous ont retrouvés ! Ils ont l'air bien décidés à vous dévorer, cette fois ! Il n'y a nulle part où aller, les zombies se tiennent entre vous et la seule sortie. Sarah attrape le vieil encensoir sur l'autel et le fait tourner au-dessus de sa tête avant de frapper l'un des zombies avec. Tu l'imites et récupères ce que tu trouves sur l'autel pour te défendre : la grande croix de métal. Mais à peine as-tu soulevé l'objet que le trou dans lequel était plantée la croix s'ouvre et l'autel se divise en deux, laissant apparaître un escalier qui descend.

Les zombies sont presque sur vous. Vous n'avez pas le choix, vous descendez. Ils s'apprêtent à vous suivre, mais l'autel se referme sur eux, les écrasant tout à fait. Tu ne peux te retenir de crier :

— Ah, c'est dégueu !

Sarah analyse la situation.

— Bon, on est enfermés, mais au moins on est en sécurité. J'espère…

Vous avancez à tâtons. Un rai de lumière dans le lointain éclaire faiblement ce qui vous entoure. Vous passez une arche sur laquelle sont gravées des inscriptions en latin. Face à vous, un long couloir de sarcophages de pierre et au bout, la source de lumière. C'est le caveau de la famille du baron ! Tous les ancêtres des Bois de Riocour sont là, endormis pour l'éternité. Tu as envie de t'attarder un peu, vous pourriez peut-être trouver des réponses à vos questions ici.

— Euh… tu ne penses pas qu'on devrait y aller ? En suivant la lumière, on parviendra peut-être à trouver une sortie.

Céderas-tu à la curiosité ?

Si tu souhaites explorer le caveau, va en B9.

Si tu préfères filer, avance jusqu'en B8.

B5

Sarah a raison, tu préfères éviter de tenter le diable. Si ces zombies vous repèrent, vous êtes cuits ! Vous vous remettez en route dans le noir. Le temps passe, tu ne sais pas combien de temps. Sans lumière, sans repères, vous êtes perdus. Arriverez-vous à trouver une issue ? Tu as l'impression que vous marchez depuis des heures, voire des jours. Te voilà à bout de forces.

— Arrêtons-nous un instant, dis-tu à Sarah. On doit se reposer.

— Et les… créatures ?

— On ne les a pas vues depuis longtemps. Nous sommes en sécurité, je pense.

Tu es abattu et te demandes si tu n'es pas en manque d'oxygène car la tête te tourne. Tu ne sais presque plus pourquoi vous marchez sans but. Tu commences à t'assoupir…

Le cri strident de Sarah te réveille en sursaut ! Tu n'as pas le temps de te relever qu'un corps lourd tombe sur toi et te coupe le souffle. Tu sens des dents s'enfoncer dans ton épaule et hurles de douleur. On dirait bien que les zombies vous ont retrouvés, finalement.

PERDU !

Les monstres aiment l'obscurité, tu t'en souviendras la prochaine fois.

B6

— Regarde ! dit Sarah en désignant des chandeliers poussiéreux.

Parfait ! Ou plutôt : mieux que rien ! Imitant ton amie, tu t'armes d'un candélabre qui devrait faire l'affaire. Toutefois, pas bien rassurés, vous avancez lentement, les chandeliers brandis devant vous. Sortant de l'ombre, le zombie apparaît. La peau de son visage tombe en lambeaux, découvrant une large mâchoire à vif, que ne décore plus qu'une demi-moustache… c'est le directeur de la colo ! L'odeur de putréfaction qu'il renvoie est si forte que tu baisses un instant la garde, couvrant tes narines. Profitant de cette occasion en or, il se jette sur toi. Heureusement, tu lèves par réflexe ton arme pour le tenir à distance, et le directeur se retrouve empalé par le trident, que tu lâches sous le choc ! En tentant de se dégager, il bascule de l'autre côté de la balustrade et va s'écrouler dans le hall… Crac ! ses os éclatent. Horrible ! Déboussolé par ton propre geste, tu te laisses entraîner par Sarah vers le premier étage, mais vous découvrez que l'escalier y est là aussi en ruine, impraticable! Tu reprends tes esprits.

— Il y a un autre escalier, de l'autre côté du couloir!

La visite du château imposée par Nathan la veille n'aura pas été inutile… Cependant, les grincements et râles qui résonnent sur le palier vous alertent : des zombies rôdent dans le couloir.

Vite, vous vous glissez dans la première pièce venue, où vous découvrez d'impressionnants rayonnages de bibliothèques, pleins de manuscrits couverts de toiles d'araignées. Dans un coin, un ado au teint cadavérique fouille les étagères, attrapant des grimoires tombant en poussière qu'il tente de grignoter. Surprise, Sarah laisse tomber son chandelier… et aussitôt l'adolescent se retourne! Pour ne rien arranger, la porte s'ouvre sur un autre mort-vivant… Vous avez dû être repérés dans le couloir, et n'avez nulle part où aller! Paniqués, vous attrapez des manuscrits que vous lancez sur les zombies pour les désarçonner, mais cela les ralentit à peine : imperturbables, ils approchent, d'un pas lent et désarticulé, mais sûr. Acculés, vous ne faites que reculer davantage, pour finir recroquevillés l'un sur l'autre dans le foyer d'une cheminée. Sans le faire exprès, tu donnes un coup de talon sur le contrecœur en fonte, actionnant ainsi le mécanisme d'un passage secret! L'âtre tourne alors sur lui-même, révélant une toute petite pièce sombre, où s'infiltre à peine un trait de lumière perçant la roche délabrée. De l'autre côté, les zombies grognent: la cheminée est verrouillée! Vous soufflez, soulagés d'être à l'abri... mais l'obscurité n'est pas très engageante.

— C'est bizarre, cette salle vide, remarque Sarah, qui écarquille les yeux pour y voir plus clair.

— Il doit forcément y avoir une issue, dis-tu pour vous rassurer tous les deux.

À tâtons, vous vous mettez en quête d'un indice, mais à mesure que tes yeux s'habituent au noir, tu es bien forcé de constater que votre refuge est tout à fait dépouillé. Quand soudain, le rayon de soleil vient révéler une grande tapisserie ornant le mur.

— J'arrive pas à croire qu'on l'ait manquée! dit Sarah en s'en approchant.

Vous observez les motifs de plus près: au centre, un grand seigneur, sûrement le baron de Riocour.

Son teint est curieusement verdâtre… comme celui des zombies. Mais le tissu s'est peut-être décoloré au fil des siècles… Perpendiculaire au sol, son bras gauche semble désigner le mur usé par le temps… Comme si ce rai de lumière était la clef?

— C'est le seul objet de la pièce… Tu penses qu'il nous guide vers la sortie? demandes-tu, peu sûr de toi.

Ta meilleure amie te sourit, pleine d'espoir.

— On va vite le savoir! dit-elle en te posant une main sur l'épaule.

Ce petit geste te ferait presque trembler… Mais tu te ressaisis: Sarah est déjà occupée à scruter le mur de pierre alors, vite, tu la rejoins.

Et vous découvrez ainsi, caché par l'obscurité, un lourd volet de bois, dissimulant une fenêtre… Voilà d'où venait réellement la lumière!

Pour fuir, pas le choix: passe par la fenêtre en B12.

B7

L'obscurité vous fait hésiter : vous voyez à peine l'extrémité du fossé ! Derrière vous, le silence est rompu par un grognement rauque du zombie… il vous a repérés ! Plus possible de faire demi-tour : décidée, Sarah bondit et… atterrit de l'autre côté ! Requinqué par son succès, tu prends de l'élan, sautes… et chutes ! Mais la main de ton amie saisit aussitôt la tienne : agrippée à la statue d'un illustre noble qui orne la balustrade, elle tente de te hisser vers les marches, dont tu sens bientôt la pierre effleurer ta paume. Quand brusquement, le bras de la statue cède.

PERDU !

Sarah et toi vous écrasez dans le hall qui grouille de zombies : pour eux, c'est un vrai festin tombé du ciel !

B8

Mieux vaut sortir le plus vite possible, tu ne sais pas combien de zombies traînent dans le coin, ni si vos camarades s'en sont sortis. Vous vous élancez à toute vitesse entre les tombeaux. Ce lieu te fait froid dans le dos, finalement tu es bien content de ne pas t'y éterniser. Vous approchez de la lumière. À force d'avancer dans l'obscurité, tes yeux se sont habitués au noir et tu es très vite aveuglé.

— Regarde, une sortie ! crie Sarah.

Soudain, tu entends le bruit d'un mécanisme sous ton pied. Tu viens de marcher sur un symbole, une fleur de lys qui s'est enfoncée sous ton poids. Alors que tu te demandes ce qui se passe, tu ne vois pas les énormes pierres tomber du plafond directement sur vous.

PERDU !

C'était un piège, certainement là pour protéger le caveau secret et empêcher les vivants d'entrer… ou les morts de sortir !

B9

Vous avancez entre les sarcophages où reposent les membres de la famille baronniale. Les tombes sont ornées de dorures et entourées d'objets précieux. Le passage secret a dû être construit pour éviter les pillages. Curieux, vous vous replongez dans le carnet de l'archéologue.

Après avoir mis tous les indices bout à bout, je crois avoir réussi à reconstituer ce qui s'est passé en 1666. Devenu fou, le baron Enguerrand du Bois de Riocour a tué toute sa famille et une bonne partie de ses domestiques. Plus personne n'osait s'approcher du château, on racontait même que certaines de ses victimes se relevaient pour s'entre-dévorer. Les villageois ont fini par venir au château en nombre et armés, pour l'emprisonner et cesser le massacre. Mais ils n'ont pu tuer ce qu'ils considéraient comme une créature du diable. Ils l'ont donc attiré dans la crypte et emmuré vivant.

Les notes au sujet du baron s'arrêtent là, vous n'en savez pas plus sur son destin. Vous frissonnez… Cette histoire macabre ne vous dit rien qui vaille.

— Tu crois que cette légende est à l'origine des événements bizarres de ce soir ?

— Peut-être, répond Sarah songeuse. D'autant que l'emmurement a dû être brisé par les fouilles. Regarde !

Tu la rejoins près d'une tombe, celle du baron, à moitié brisée. À côté de son nom, vous découvrez un blason : un arbre dans un losange. Vous vous demandez si ce sont les armes de la famille, car lors de la visite du château, on vous avait dit qu'elles avaient disparu avec le temps.

En regardant les autres tombes, vous découvrez le même blason. Ça doit donc bien être ça. En regardant les blasons de plus près, vous remarquez qu'ils sont chacun disposés de façon différente.

Étrange… Tu recules et observes l'alignement des tombes.

— Les blasons forment un chemin ! remarques-tu grâce à ce point de vue.

Vous le suivez, ça mène à un petit escalier de pierre dissimulé dans l'obscurité. Vous grimpez, l'escalier se divise en deux. À gauche, le blason des Riocour est peint sur le mur, sûrement une invitation à continuer votre enquête et en découvrir plus sur eux. À droite, une croix chrétienne orne le mur. Peut-être un signe de salut… une sorte d'issue de secours. Où veux-tu aller ?

Pour suivre le blason des Riocour, va en B11.
Pour découvrir ce que cache la croix, rendez-vous en B28.

B10

À peine entré, le baron se jette sur vous. Sarah plonge d'un côté pour l'éviter, toi de l'autre. Heureusement, tu n'as pas renversé la potion.

— Qu'est-ce que tu attends, vas-y ! hurle Sarah.

5, 4, 3, 2, 1… dès que le baron est assez proche de toi, tu lances la potion sur lui. Une épaisse fumée verte s'élève de la créature qui se débat. Ça marche ! Mais au bout de quelques instants, tout s'arrête et le zombie est encore bien mort-vivant devant vous. Tu n'as pas le temps de regretter ton choix que la créature te mord jusqu'au sang.

PERDU !

C'était le mauvais ingrédient, sache que la chauve-souris n'est pas un oiseau ! Mais cet apprentissage t'a coûté bien cher.

B11

Vous voulez en apprendre davantage sur les Riocour, s'ils sont à l'origine de l'épidémie zombie. Cela devrait vous aider à arrêter le massacre. Vous suivez donc le grand escalier de pierre orné du blason de la famille. Arrivés à l'étage, vous voilà devant deux portes, la première vous mène dans une petite pièce qui ressemble à un laboratoire moyenâgeux. Un grand chaudron trône au milieu de la pièce, entouré de vieux squelettes, de fioles contenant d'étranges liquides, de grenouilles séchées et d'autres animaux peu ragoûtants. Des grimoires anciens pleins de toiles d'araignées et poussières tombent en lambeaux sur les étagères. Impressionnant, et lugubre…

— Pourquoi un laboratoire souterrain ? C'est étrange, tu ne crois pas ?

Vous fouillez, essayez de lire les annotations sur les livres usagés. Mais tout est écrit en vieux français, ce qui rend la lecture difficile.

Tu te figes en entendant un bruit de pas venant de l'escalier. Puis rien.

— Tu as entendu ? demandes-tu à Sarah.

Ton amie fait non de la tête. C'est certainement ton imagination qui te joue des tours, penses-tu. Entre ce décor sinistre et la nuit que vous êtes en train de passer, le moindre son te fait sursauter. Sarah parvient finalement à déchiffrer certaines notes.

— D'après ce que je comprends, dit-elle, Ole Libavius, un alchimiste de la région, a été engagé par la famille du Bois de Riocour pour mener des recherches secrètes sur le baron qui était devenu fou et violent.

— C'est sûrement pour ça que son laboratoire est caché dans un lieu si bizarre ! dis-tu.

— Apparemment, l'alchimiste a fait beaucoup de tests pour trouver un remède, sans jamais y parvenir. Attends, non ! il pense que la dernière potion est la bonne ! Mais le texte s'arrête là, impossible de savoir s'il l'a essayée.

— Vu la situation dans laquelle on est, quelque chose s'est mal passé. Mais ça vaut le coup de tenter de faire la potion, tu ne crois pas ? De toute façon, c'est notre seul espoir.

Vous tentez de tirer un sens du texte énigmatique de l'alchimiste :

Dans une fiole de cristal sur un feu ardent,
Réduire en poudre les feuilles de sauge argent.
Mêler aux pétales de lotus noir,
Les yeux de l'oiseau du soir,
Et ajouter enfin votre sang.

Vous vous mettez au travail. Le liquide bouillonne dans la fiole et émet une fumée à l'odeur nauséabonde. « Les yeux de l'oiseau du soir », qu'est-ce que ça peut être ? Sarah te montre un bocal de globes oculaires de chauves-souris qu'elle vient de dénicher, mais tu aperçois sur l'étagère un sac contenant ceux d'un hibou. Tu hésites. Des bruits de pas montent des escaliers. Tu te tournes vers Sarah, elle aussi semble les avoir entendus, ce n'est donc pas ton imagination. Tu choisis rapidement un des ingrédients et t'entailles la main à l'aide d'un couteau rouillé pour en verser quelques gouttes dans le liquide qui change aussitôt de couleur. Elle est prête. La lourde porte s'ouvre et révèle un immense zombie décharné.

Ses riches vêtements ornés du blason des Riocour, sa chevalière : il n'y a pas de doute, c'est le baron ! Vous n'avez qu'une seule solution, lui lancer la potion dessus.

Mais quel ingrédient as-tu choisi ?

Si tu as mis les yeux de hibou, va en B30.
Si ta potion contient des yeux de chauve-souris, rendez-vous chapitre B10.

B12

Il faut vous y mettre à deux et forcer, mais la fenêtre finit par céder. Elle n'a pas dû être ouverte depuis un bon bout de temps… Tu te demandes même si vous n'êtes pas les premiers à découvrir cette pièce secrète. À peine passes-tu une jambe par-dessus le garde-corps que la vision du vide t'ébranle : même du premier étage, le précipice est impressionnant, et les douves peu rassurantes. Et il va falloir longer toute la muraille jusqu'à la prochaine fenêtre, les mains cramponnées aux pierres, les pieds sur un rebord pas bien large.

Tout à coup, un cri manque de te faire tomber : au loin, l'un de vos camarades déboule de la forêt, poursuivi par un zombie plus petit que lui, qui le soulève pourtant du sol d'une seule main avant d'en faire son déjeuner. Ce n'est pas possible ! Mais qu'est-ce qui se passe, à la fin ?

Chamboulés, vous poursuivez lentement et arrivez heureusement au bout de la corniche, quand un reflet vient t'aveugler. Bizarre… D'où vient-il ?

Le nez pointé vers le toit, tu découvres, derrière l'une des lucarnes les plus hautes du château, des visages d'adolescents réfugiés au grenier, parmi lesquels Diego, ton voisin de dortoir.

— Dépêche-toi ! te dit Sarah en s'introduisant à travers une fenêtre.

Vite, tu entres à ton tour et la suis dans les escaliers que décore un bouclier aux armes des Bois de Riocour, au centre duquel se croisent deux épées. Tu ne vas pas laisser passer cette chance… Mais les armes médiévales sont très lourdes, trop lourdes pour deux adolescents : les lames s'abattent massivement sur le sol. Vous avez beau vous figer, vos adversaires sont prévenus : un zombie déboule aussitôt dans votre dos ! Et vos tentatives d'attaque sont bien pitoyables, les lames ne tranchant que de l'air.

Difficile de viser… Heureusement, la créature recule face aux assauts, et tu parviens enfin à la toucher au cœur ! Surprise, elle observe ta lame sans bouger, n'exprimant pas la moindre douleur. Profitant du répit, Sarah abat sa propre épée en pleine nuque du mort-vivant, qui se retrouve décapité ! Très efficace !

— Toujours viser la tête ! explique-t-elle. C'est le seul moyen de s'en débarrasser. Crois-moi, j'ai vu tous les films et toutes les séries de zombies de la Terre.

Tu restes un instant rêveur. Peut-être qu'elle en rajoute un peu, mais Sarah est définitivement la fille la plus cool que tu connaisses. Apercevant, au sol, le corps inerte, tu remarques sa blouse médicale et reprends ton sérieux :

— Mince, c'était l'infirmière… Tu crois que l'infirmerie est infestée de zombies ? Je ne sais pas si j'ai toujours envie de le trouver, ce téléphone…

Si tu penses qu'il faut poursuivre votre plan vers l'infirmerie pour appeler à l'aide, va en B16.
Si tu préfères tenter d'aller jusqu'au grenier pour faire équipe avec vos camarades, va en B17.

B13

En quelques enjambées, vous voilà au pied de l'ange de pierre. Vous poussez la statue de toutes vos forces, mais celle-ci bouge à peine. Elle est beaucoup trop lourde ! Et les monstres qui se rapprochent dangereusement ! Il vous faut une solution, et vite ! Tu avises les outils du jardinier, posés juste à côté – le cimetière a pourtant l'air à l'abandon, enfin, ce n'est pas le moment de penser à ça.

Tu ramasses un gros sécateur et Sarah une pioche. Vous courez vers la statue et glissez vos instruments en dessous pour vous en servir comme leviers. Elle est si lourde que tu te demandes si vous allez y arriver. La main poisseuse d'un mort-vivant couverte de terre se pose sur ton épaule quand soudain tu sens l'ange basculer. La statue s'écrase dans un grand fracas. Vous profitez de la confusion pour rejoindre la chapelle où vous vous enfermez.

Mais aucun répit ne vous est accordé, au bout de quelques minutes, les créatures tambourinent à la porte. Autour de vous, dans l'église déserte, de nombreux cierges sont allumés. Qui a fait cela ? Est-ce quelqu'un qui fait maintenant partie de la horde de monstres cannibales ?

Ce décor à moitié en ruine, les coups à la porte, ton cœur qui martèle dans ta poitrine… Tu es pris d'une angoisse qui t'empêche de réfléchir. Il va pourtant bien falloir trouver une solution, qui sait combien de temps tiendra la porte.

— Viens voir !

Tu cherches Sarah des yeux. Elle a déjà commencé à explorer et se tient devant un grand vitrail à l'autre bout de la chapelle.

— Qu'est-ce qu'il y a ? demandes-tu en t'approchant.

— Tu ne vois pas ? Regarde mieux les personnages du vitrail. Ils portent sur leurs tuniques le blason de la famille des Riocour !

Tu plisses les yeux. Elle a raison, l'arbre dans le losange, c'est bien ça ! Les premiers vitraux montrent la folie meurtrière du baron et la foule arrivant au château pour se saisir de lui. Mais ça, vous le savez déjà. Alors que vous vous attendez à voir l'emmurement du baron dans le vitrail suivant, vous découvrez une scène tout à fait différente : le corps du baron flotte dans les douves alors qu'autour de lui la population fête sa victoire.

— Mais, ce n'est pas ce qui s'est passé ! s'étonne Sarah.

— Peut-être que le vitrail a été fait avant, comme une prophétie ou un plan ? C'est ce qui aurait dû se passer, mais n'a pas été fait.

Tu repenses au corps zombifié que tu as vu flotter dans l'eau.

— Et si c'était ça la solution pour s'en débarrasser ? Les attirer dans les douves.

— Comment savoir si ça va marcher ? demande Sarah.

— On ne sait pas, mais tu as un meilleur plan ?

Va le découvrir en B14.

B14

— On ne peut pas passer par l'entrée principale de la chapelle, on sera tout de suite mangés, réfléchis-tu à haute voix. Passons par la porte de la sacristie. Il faut trouver un moyen pour mener les zombies jusqu'aux douves sans trop se mettre en danger…

Cette fois, c'est Sarah qui a la solution : elle te montre tous les cierges.

— On va planter les cierges comme un chemin jusqu'aux douves. Les zombies ne sont pas brillants, avec un peu de chance ils nous suivront jusqu'à leur perte.

Vous sortez sans faire de bruit et commencez à disposer les cierges au sol. Au bout d'un moment, vous entendez les râles des zombies se rapprocher. Vite ! vous plantez les dernières bougies au bord des douves et courez vous cacher entre d'épais buissons. Lentement, la petite file de zombies avance de lumière en lumière vers les douves.

— Tu crois que ça va marcher ? demandes-tu à voix basse à Sarah.

La jeune fille n'a pas le temps de répondre. Un mort-vivant t'a entendu, il s'avance vers vous, suivi des autres ! Catastrophe ! Tu attrapes la main de ton amie et vous partez en courant. Tous les zombies vous suivent à présent.

— Qu'est-ce qu'on fait ? hurle Sarah, terrifiée.

Tu regardes autour de toi, aucun endroit pour vous réfugier. Les zombies se rapprochent dangereusement de vous. La seule issue : les douves.

— Tu me fais confiance ?

Sarah hoche la tête. Vous vous élancez à deux et sautez à pieds joints dans l'eau des douves, dans l'espoir que les monstres vous suivent.

L'aube pointe le bout de son nez. Tu ouvres les yeux, à moitié immergé dans l'eau sale des douves et accroché à un rocher. Tu es sonné et trempé, mais en vie semble-t-il. Tu paniques. Où est Sarah ? À quoi bon avoir combattu ces monstres si tu l'as perdue dans la bataille ! Avec tout ça, tu n'auras même pas eu l'occasion de lui dire ce que tu ressentais pour elle. Il te semble qu'un poids énorme s'abat sur toi, les larmes te montent aux yeux, quand soudain :

— On a réussi, regarde !

Accrochée au rebord au-dessus de toi, Sarah te sourit. Quel soulagement ! Tu as envie de remonter vers elle le plus vite possible. Tu regardes autour de toi et découvres les corps des zombies, flottant dans l'eau. Beurk ! il faut vite que tu sortes de là ! Alors que tu rejoins ton amie, une question s'insinue dans ton esprit : est-ce vraiment fini ? La crypte, où reposait la famille de 1666, est-elle hantée à jamais ? Une nouvelle épidémie est-elle à craindre ? Pour être en sécurité, il faudrait brûler la crypte et les corps qui y sont enfermés. Mais cela signifie détruire à jamais un site archéologique important, alors même qu'il n'y a peut-être plus aucun danger. Sarah ne sait que faire, c'est à toi de prendre une décision.

Si tu brûles la crypte, va en B15.

Si tu épargnes la crypte, va en B25.

B15

Sarah et toi empoignez chacun deux cierges encore allumés au bord de l'eau et vous avancez vers la crypte. Vous avez cherché d'autres survivants, en vain.

— Tu crois que tout le monde a été zombifié ? demande Sarah. Ceux du campement aussi ?

Ces mêmes questions te tournent dans la tête. Peut-être devriez-vous continuer à chercher vos camarades ? Mais il suffit qu'une seule créature soit encore en vie pour que tout recommence, pour que cette nuit d'horreur ne finisse jamais.

Vous traversez à nouveau les douves par le chemin de rochers. L'opération est difficile avec les cierges que vous voulez garder allumés et dont la cire vous coule sur les doigts. Vous entrez dans la crypte par le même passage. Arrivés au tombeau de la famille Bois de Riocour, vous utilisez les cierges pour démarrer plusieurs petits feux.

Vous remontez vite l'escalier, mais le feu prend de l'ampleur et vous poursuit. La fumée épaisse vous empêche de voir clair et vous fait tousser. Tu te sens défaillir, mais vous atteignez finalement les douves et arrivez sains et saufs à la surface. Sauf que le feu vorace continue à tout dévorer sur son passage et attaque le château. Vous voilà au milieu d'une fournaise.

— Tu crois qu'il restait des gens au château ? te demande Sarah.

Tu hoches la tête tristement.

— Zombies, vivants, s'ils étaient au château, ils ont déjà brûlé.

Les larmes te montent aux yeux. Pourras-tu jamais te remettre de cette nuit d'horreur ?

PERDU !

Tu t'es débarrassé des zombies, oui, mais au passage tu as dû sacrifier tes amis. Recommence l'aventure, tu pourras tenter de sauver tout le monde cette fois-ci.

B16

Votre seule chance, c'est l'extérieur ! Gravissant vite les dernières marches qui vous séparent de l'infirmerie, vous y entrez en hâte, soulagés d'atteindre enfin votre but. Sans attendre, tu composes le…

— C'est quel numéro, la police, déjà ? Le 18 ? Je ne sais jamais…

— T'es sérieux ? C'est le 17. Grouille ! s'impatiente Sarah, tout en inspectant le petit bureau.

Aucun signal… Tu suis le fil du téléphone et découvres qu'il a été rongé…

— J'espère que c'étaient des rats…, dis-tu en montrant le fil rompu à ton amie.

Voilà une phrase que tu n'aurais jamais pensé dire un jour. Soudain, la porte du fond donnant sur la chambre des malades s'ouvre sur quatre enfants couverts de bandages… sûrement les petits du groupe de pêche qui ont fini à l'eau cet après-midi. Leur air hagard et fiévreux te fait hésiter : malades ou zombies ? Tu ne voudrais quand même pas t'en prendre à des infirmes ! L'un d'eux dégaine alors une canne avec laquelle, sans préambule, il frappe Sarah de plein fouet. Oups… Vite, les enfants vous encerclent et vos épées n'y feront rien : tiré d'un côté par l'un, écartelé par l'autre, tu bascules au sol, vissé par les coups.

PERDU !

Les enfants zombies révèlent leurs crocs déjà ensanglantés. Et ils ont encore faim.

B17

D'après votre moniteur lors de la visite, seuls les petits escaliers qui servaient autrefois aux domestiques mènent au grenier. L'étroite rampe de service ne laisse passer aucune lumière, mais de fines brèches dans la pierre ancestrale font résonner les pas, un peu partout, des zombies qui semblent avoir pris complètement possession du château. Et lorsque vous arrivez enfin derrière la porte du grenier, la poignée résiste, bloquée. Mince… Tu frappes timidement et chuchotes :

— C'est moi ! Je suis avec Sarah !

Pas de réponse. Ni voix ni mouvement.

— Ouvrez-nous ! insistes-tu. On va se faire repérer !

Mais toujours rien. Tu désespères, quand enfin la voix de Kevin intervient :

— Pour prouver que tu n'es pas un zombie, récite la devise de la colo !

Zut… Nathan vous l'a dite et répétée, mais tu prêtais à peine attention… Sarah n'a pas l'air plus sûre d'elle, alors tu tentes.

— « Vive l'aventure à Riocour… »

Tu ne sauras jamais si tu avais bon : derrière la porte, le groupe t'ignore, trop occupé à se disputer.

— C'est n'importe quoi, ce test ! s'énerve Diego. Personne n'écoute jamais Nathan ! Personne ne la connaît !

Bouillonnant d'impatience, Sarah explose :

— Ouvrez-nous maintenant, bande de nazes ! Je ne veux pas finir en pâtée pour zombies à cause de vous !

Ce n'était peut-être pas la peine de crier, et sûrement pas une bonne idée. Mais, il faut bien l'avouer, l'autorité soudaine de Sarah semble impressionner autant les uns que les autres : le bruit de meubles déplacés retentit, puis tout doucement, la porte s'ouvre. Derrière, vous découvrez Diego, Kevin, et Émilie, mais aussi des piles de chaises et une armoire renversée, sacrée barricade en cas d'attaque. Dans un coin, tu repères également de gros sacs entassés, pleins de poudre noire. Sûrement d'anciens explosifs alimentant les canons du château… Sont-ils encore efficaces ? Sous les yeux intrigués de tes camarades qui discutent, tu en remplis une petite bourse constituée d'un morceau de toile de jute qui traîne, convaincu qu'elle te sera plus tard utile. Pressé, Diego lève un sourcil perplexe.

— Tu as fini de jouer aux chevaliers ? Pendant que tu t'amuses, nous, on réfléchit ! On a élaboré un super plan !

Sarah serre le poing, comme toujours quand on s'en prend à toi, et ton cœur s'emballe… Si vous sortez vivants de cette histoire, il faudra vraiment que tu te décides à l'inviter pour un kebab-ciné-aveu de ton amour. Aveugle à son hostilité, Diego déplie sur une table bancale un très vieux parchemin sur lequel est tracée une carte du château.

— On l'a trouvée dans la bibliothèque, explique l'adolescent, fier de lui. C'est une carte un peu spéciale, regardez : tous les passages secrets y sont dessinés. Ils desservent tous les étages ! On va pouvoir sortir du château sans rencontrer un seul zombie, et fuir jusqu'à la ville !

Diego est tout excité à l'idée d'emprunter les passages secrets.

— Calme tes ardeurs, s'irrite Sarah. Ton idée ne tient pas debout ! Le plan est très vieux, le château en ruine. On n'est pas certains que tous les passages existent toujours…

— Ah oui ? Et qu'est-ce que tu proposes, toi ? demande Diego, piqué dans son amour-propre.

— Passer par le toit ! répond Sarah, triomphante. J'ai eu cette idée tout à l'heure, quand nous sommes passés par la fenêtre, ajoute-t-elle en te regardant. On verra mieux où sont les zombies, autour du château.

Elle désigne alors un tas de vieux linges, entassés dans un coin.

— On a juste à consolider ces draps, et à descendre en rappel le long de la façade !

— Oui, c'est mieux de pouvoir anticiper l'arrivée des zombies…, ose Kevin, détournant le regard face à son copain vexé.

— C'est du suicide, on va tomber ! s'énerve maintenant Émilie.

Les esprits s'échauffent, et bientôt tous les yeux se tournent vers toi. Il faut trancher.

Si tu penses qu'il faut suivre le plan de Sarah, va en B18.
Si tu rejoins l'avis de Diego, va en B19.

B 18

Sarah, tu la connais depuis toujours : c'est à elle que tu dois faire confiance. Le plus : au plafond du grenier, une trappe donne accès au chemin de garde qui longe le toit du château. Seul hic, impossible d'y grimper avec vos épées qui, trop lourdes, vous empêchent de vous hisser. C'est donc délestés de vos armes que Sarah et toi grimpez les premiers à l'extérieur, suivis de vos camarades plus soumis que convaincus.

Les remparts vous offrent une vue imprenable sur la forêt, le lac et, au loin, les lumières de la ville de Riocour qui brillent dans la nuit en signe d'espoir. Mais aussi sur les quelques zombies qui se disputent, dans la cour, les restes de leur dernière victime. Sarah avait raison, d'ici, vous êtes sûrs de vous épargner les mauvaises rencontres.

En contrebas, la toiture de l'écurie semble en piètre état, mais elle offre un passage vers la forêt qui vous permettrait d'éviter les douves. Puisque c'est son plan, Sarah décide d'ouvrir la marche.

Déroulant le cordage qu'elle noue autour du parapet, ton amie s'élance avec une assurance étonnante… et atteint l'écurie. Ouf! portés par son succès, tes camarades l'imitent avec plus ou moins d'aplomb… ne manque plus que toi! Les doigts serrés sur le tissu, tu te remémores les conseils de ton prof d'EPS lors des cours d'escalade et bondis, quand Sarah pousse un cri d'épouvante.

— En haut!

Pendu dans les airs, tu aperçois, perché sur les remparts, un zombie! Vissée sur sa tête, tu crois reconnaître la casquette arc-en-ciel du chauffeur du car… mais difficile d'en être sûr. Les yeux injectés de sang, le corps estropié, il titube. Tu redoubles d'efforts pour atteindre l'écurie, quand le mort-vivant saisit brusquement la corde accrochée au créneau, qu'il tire vers lui pour te faire remonter.

Les jambes dans le vide, tu sens le tissu se déchirer… et comme le zombie insiste, la corde lâche, et tu tombes lourdement sur le toit de l'écurie. Emporté dans l'élan, le conducteur gît au milieu des vieux linges, tout près. Vos ennuis ne sont pas terminés… une main émerge soudain du tas de draps, pointée vers le ciel. Le zombie se relève alors maladroitement, l'épaule disloquée, la nuque brisée et la tête de travers, qu'il tente curieusement de remettre en place. Il ne semble pourtant pas décidé à vous laisser le moindre répit, comment vous en débarrasser ? Sa tête ne tient plus qu'à un fil, ou plutôt un tendon… Il suffirait de peu pour terminer le travail. Un éclair de génie te traverse alors et, ni une ni deux, tu saisis un drap abandonné dont tu jettes l'extrémité en direction de Diego, qui l'attrape sans trop comprendre. Vous courez vers le chauffeur désorienté, le tissu déployé vers ce qui était autrefois sa gorge, et l'enroulez ainsi autour de son cou, serrant aussi fort que possible. Il a beau se débattre comme un diable, le zombie ne peut plus rien faire : l'étreinte est trop forte, ce qui restait de son cou s'arrache, sa casquette saute, et la tête de la créature roule pour s'écraser hors du toit.

Cette fois, il ne vous embêtera plus.

File dans l'écurie en B20.

B19

La carte brandie devant lui, Diego s'aventure dans la chambre des domestiques, suivi de votre petit groupe en file indienne. Depuis votre départ du grenier, Sarah t'ignore ostensiblement. Tu sens bien que tu l'as vexée en optant pour le plan de Diego… Finalement, votre guide s'arrête devant un grand trophée mural : une tête de cerf empaillée. Lugubre… L'adolescent hésite un instant, puis appuie sur l'une des cornes de l'animal. Un petit grincement, et un passage s'ouvre derrière la bête. Incroyable ! Vous progressez à petits pas, parfois obligés de vous arc-bouter tant le conduit est étroit. Mieux vaut ne pas être claustrophobe. Au fond, tu aperçois cependant la trappe censée mener à la chambre du baron. Mais, te cognant la tête au passage de son minuscule encadrement, tu laisses échapper un juron qui résonne jusqu'au couloir. Oups… Tes amis te jettent un regard noir. En face de vous, derrière une tenture exposée près de la cheminée, la prochaine galerie renseignée par la carte devrait mener à un souterrain qui servait autrefois de refuge à la famille baronniale en cas d'attaque. Mais ton arrivée chaotique n'est pas passée inaperçue : un duo de zombies pénètre dans la pièce, prêt à en découdre. Vous avez toutefois l'avantage du nombre, et deux épées pour vous défendre. Courageux, Émilie et Diego foncent tête baissée vers les créatures, tandis qu'en retrait, Kevin s'empare d'un landier qu'il lance sur les jambes chancelantes de vos ennemis désarçonnés. Trop occupés avec vos camarades, ils ne vous voient pas venir, lorsque Sarah et toi abattez vos lames sur leur nuque. Et deux zombies de moins ! Tous ensemble, vous faites une belle équipe. Vite, Diego, Kevin et Émilie s'élancent derrière la tenture, dans le nouveau passage secret. À peine y as-tu glissé un pied que tu entends, faibles d'abord, puis de plus en plus forts, les sanglots d'un enfant. Sous le lit du baron, tu découvres alors Ethan, un des petits, recroquevillé sur lui-même.

— Suis-nous, Ethan ! tente Sarah. On va s'en sortir !

Mais vous avez beau faire, le pauvre Ethan est paniqué et refuse catégoriquement de quitter sa cachette. Dans le couloir, des pas saccadés…

sûrement d'autres zombies avertis par le bruit. Il faut agir, et vite.

Si tu rejoins tes camarades pour fuir dans le passage secret, va en B21.
Si tu tentes de sauver Ethan, va en B22.

B 20

Déjà brisées, les tuiles sont faciles à déboîter : à vous cinq, vous parvenez vite à créer un passage à travers le toit. Laissée à l'abandon, obscure et poussiéreuse, l'écurie ne donne pas envie de s'attarder entre ses poutres de bois pourri qui menacent de s'écrouler. Tu avises tout de même les quelques outils traînant encore çà et là, et t'armes du lourd marteau de maréchal-ferrant sommeillant sur une enclume. À leur tour, tes amis saisissent faucilles et serpes rouillées. Il faudra faire avec les moyens du bord. Une tête à travers la porte, tu observes l'orée du bois : personne. Vite, vous vous faufilez entre les arbres, direction la ville que vous devriez pouvoir atteindre avant l'aube. Si tout va bien…

SAUVÉS !

Ou presque... Encore faut-il prévenir la ville de la menace, avant que le monde entier ne soit victime d'une apocalypse zombie...

B 21

Plus le temps d'attendre, Sarah et toi filez dans le passage secret. Triste, désolé, tu espères qu'Ethan s'en sortira, mais tu en doutes. Devant vous, Diego panique soudain : Sarah avait raison, un éboulement a bouché le tunnel ! Impossible d'avancer, il faut faire demi-tour. Mais au-dessus de vos têtes, des yeux jaunes brillent dans la nuit : c'est toute une horde de zombies, juchés sur les décombres du toit, qui sautent pour vous rejoindre dans le passage. Avides de sang, ils arborent des sourires gourmands. Aucun espace, aucune visibilité, aucun moyen de leur échapper. Une vive douleur de dents déchirant ton épaule, et c'est le noir complet.

PERDU !

C'est raté pour cette fois, mais tu y étais presque... N'hésite pas à retenter l'aventure !

LARRY

B 22

Sans lui en laisser le choix, tu attrapes le bras d'Ethan qui gigote, se débat pour rester caché sous le lit, et le traînes jusqu'à toi. Au même moment, trois de vos anciens camarades dégoulinants de sang passent la porte, précédés par leur charmante odeur de chair en décomposition. Obligés de contenir Ethan, Sarah et toi ne pouvez rien faire pour retenir ces cadavres éveillés qui maintenant vous encerclent, vous forçant à reculer, reculer vers le mur… La seule issue : une petite porte, juste à côté de vous, mais tu ne sais où elle mène.

Peu importe : vous foncez, Ethan toujours dans tes bras. Évidemment, les zombies vous pourchassent, bientôt rejoints par d'autres de leurs congénères alertés. Arrivés dans l'aile restaurée du château, vous filez au hasard à travers les cuisines, pour découvrir avec effroi que la pièce est sans issue. Vous êtes piégés ! Tu fermes un instant les yeux, prêt à dire adieu à ce monde cruel, alors que les créatures s'ameutent au pas de la porte.

Mais rien ne se passe… Contre toute attente, elles restent attroupées dans l'embrasure, comme si une force invisible les empêchait d'entrer. L'une d'elles, toutefois, tente sa chance, osant un pas dans la cuisine, mais aussitôt, son pied se met à fumer, et le monstre pousse un cri de douleur, reculant prestement. Puis, comme lassés d'attendre, les morts-vivants repartent errer dans les couloirs du château. Incroyable… Les zombies semblent avoir peur de cette pièce, mais pourquoi ?

— Regarde ! Un autre portrait du baron ! On dirait celui de la pièce secrète…, dit Sarah en désignant une gravure sculptée dans un tableau de chêne sombre.

La représentation du baron est en effet très similaire : le seigneur pointe la large rôtissoire médiévale au centre de la cheminée. Vous indique-t-il à nouveau un passage secret ?

— Il y en a un autre, ici, remarque cette fois Ethan, signalant, sur le mur opposé, une seconde gravure en bois.

Mais ce tableau représente une jeune femme. Son accoutrement est celui d'une servante. Elle montre d'un doigt le portrait du baron, de l'autre main, elle tient contre son cœur un grimoire sur lequel un pentacle indique l'année 1666… celle de la disparition de l'illustre famille de Riocour. Avez-vous le temps d'enquêter ?

Le baron vous a aidés une fois, il vous aidera une nouvelle fois. Cherche le passage secret en B26.

Le pentacle daté de 1666 t'intrigue, va enquêter en B27.

B 23

Tu savais bien que la poudre noire te serait utile ! Tu longes les murs à pas discrets pour atteindre l'étage. Mais quand tu parviens – heureusement en un seul morceau – dans la pièce située juste au-dessus de la cuisine, l'angoisse te gagne… Et si le plan échouait ?

Voyant Sarah commencer à répandre la poudre, et le petit Ethan se mettre en position au centre de la pièce, tu retrouves toutefois espoir. À ton tour, tu sèmes une poignée d'explosifs sur le plancher, traçant un chemin de poudre au bout duquel tu glisses un très fin morceau du tissu de ta bourse, qui te servira de mèche. Grimpant sur le rebord d'une fenêtre après avoir attrapé une bougie, tu jettes un coup d'œil à Sarah qui, en face de toi, est elle aussi perchée, un chandelier dans une main, sa propre mèche dans l'autre. C'est donc à Ethan de les apâter… Timidement, il appelle :

— Je suis là ! Venez me chercher !

À l'étage, des pas se font entendre… Puis d'autres… Alors, comme entraîné par sa propre voix, Ethan insiste, allant maintenant jusqu'à crier :

— Les zombies ! Bande de mauviettes ! Je suis là ! Venez me bouffer !

En haut, dans le hall, à gauche, à droite, c'est une armée de morts-vivants qui semble se déplacer, l'attroupement allant jusqu'à faire trembler les murs. Et comme un essaim d'abeilles, les créatures apparaissent enfin à la porte, avançant dans leur démarche traînante vers le pauvre Ethan… D'un même geste, Sarah et toi allumez vos mèches. La traînée s'enflamme dans une escalade d'explosions : les planches sautent, craquent, les zombies sont broyés pour les uns, envoyés dans les cuisines pour les autres… Penchés au-dessus du trou béant et fumant, Sarah et toi les voyez alors s'embraser sous l'effet de la malédiction, qui irradie l'air d'une éblouissante lumière. Les yeux plissés, vous entendez, au-dessus de vos têtes, une sorte de grincement… C'est Ethan, accroché au lustre ! Il a eu le temps de sauter au moment de l'explosion. Ses pieds se balancent au-dessus du vide…

— Surtout, tiens-toi bien…

VICTOIRE !

Vous êtes venus à bout des zombies !
Espérons que vous trouverez d'autres survivants...

B 24

Dégainant vos épées, Sarah et toi prenez chacun votre poste : tu te places devant la poutre centrale maintenant le plancher, tandis que ton amie grimpe sur la cheminée pour être en mesure de frapper directement la voûte. Une fois en haut, elle ordonne :

— Dépêche-toi, Ethan. Et n'oublie pas : dès que les zombies sont dans la pièce, tu files !

Pas rassurée pour un sou, votre nouvelle recrue se plie pourtant aux ordres de ton amie. Très concentré, le front humide, tu entends résonner les pas d'Ethan qui grimpe quatre à quatre les escaliers, le craquement du parquet, juste au-dessus de ta tête, et enfin sa voix chevrotante, qui appelle les zombies. Plus courageux que tu ne l'aurais pensé, le petit… Et le plan fonctionne : à l'étage, un flot de zombies semble rejoindre Ethan, lentement, lourdement. Un coup d'œil échangé, et Sarah et toi vous mettez à la tâche : de toutes vos forces, sans relâche, vous abattez vos lames contre les poutres. Mais voilà… la cuisine, comme toute cette aile du château, a été restaurée !

Et les poutres que vous pensiez moisies sont en fait bien résistantes ! Autant dire que vos épées rouillées ne font qu'à peine les entailler. En haut, un cri du pauvre Ethan te déchire le cœur…

PERDU !

Incapable de laisser Ethan seul face à la meute, tu accours à l'étage... où les zombies se disputent déjà les restes du petit... Et tu feras un beau dessert !

B 25

Vous ne pouvez vous résoudre à détruire un lieu d'une telle importance historique et surtout, vous ne savez pas quels dégâts pourrait causer le feu, surtout s'il y a d'autres survivants. Vous n'avez pas vaincu les zombies pour détruire cette crypte où ne reposent désormais que des morts. Le risque que l'épidémie se répète est après tout faible, non ?

— Allons au château, proposes-tu à Sarah, on n'est peut-être pas les seuls à s'en être sortis.

En arrivant au château, vous retrouvez plusieurs de vos amis qui sont parvenus à se barricader dans le grenier et à échapper aux zombies. Ces derniers ont fini par rejoindre la horde du cimetière et sont probablement au fond des douves à l'heure qu'il est. Des sirènes résonnent dans le petit matin, vous êtes sauvés !

Enfin chez vous ! Les journaux, les TV, Internet : tout le monde vous encense ! Vous avez sauvé le château de Bois de Riocour et évité une pandémie zombie !

VICTOIRE !

Quelques mois plus tard... Les travaux ont repris au château. Mais on rapporte qu'un travailleur a mordu au sang un de ses collègues. Il s'est enfui dans les bois avec sa victime. Tout va-t-il recommencer ? Trouveront-ils eux aussi le moyen de se débarrasser du mort-vivant ?

B 26

Pas le temps pour les devinettes… Vu votre effroyable nuit, les mystères entourant ce château peuvent bien y rester enterrés. Massés dans le foyer de la cheminée, vous observez le gigantesque tourne-broche : l'actionner ouvrira peut-être le passage désigné par le baron. Mais la vieille manivelle n'émet rien d'autre qu'un grincement désagréable lorsque tu t'efforces de la faire tourner… La broche ne bouge pas d'un centimètre. Du moins, au début… Alors que tu t'acharnes, la tige métallique s'excite enfin, pivotant sur elle-même. Un étrange petit clic… Et soudain, les pierres du conduit de la cheminée s'écrasent sur vous.

PERDU !

C'était un piège ! Le passage secret devait être bien, bien caché...

B 27

1666... Tu ne peux décrocher les yeux du pentacle, avec l'étrange certitude qu'il vous indique la voie à suivre. Derrière ton dos, Sarah dérange de vieux livres de cuisine, des parchemins à l'encre presque évaporée.

— Le grimoire de la servante est peut-être là, explique-t-elle.

Ton amie trouve en effet un manuscrit sur lequel est gravé un pentacle. Une fois la couverture dépoussiérée, l'inscription « 1666 » apparaît. Tu poses alors la main sur le tableau, comme pour t'assurer de la similitude des deux livres. À ce contact, la gravure s'illumine soudain, transpercée d'un rayon de lumière crue, aveuglante. Et s'échappant des mains d'une Sarah bouche bée, le grimoire semble danser dans l'air, baigné d'une lueur vaporeuse, comme irréelle. Décidément, vous n'êtes pas au bout de vos surprises... Le manuscrit s'ouvre enfin devant vos yeux, guidant votre lecture : vous découvrez ainsi les écrits de Sabine, cuisinière au château le jour, sorcière la nuit. Sabine profitait de ses heures de repos pour concocter des potions et guérir ainsi les maux et blessures des autres servantes. Enceinte de l'enfant illégitime du baron, Sabine tenta d'obtenir son aide, mais, très embêté par cette révélation, il préféra chasser la cuisinière de son manoir. Pour le punir, Sabine lança un sort contre le seigneur, son château et tous ses habitants !

— Voilà pourquoi les zombies n'entrent pas dans la cuisine ! t'exclames-tu. C'est l'origine de la malédiction !

— Oui, peut-être que l'esprit de Sabine flotte encore dans les airs…, suggère Ethan en levant curieusement le nez, comme si la servante allait apparaître.

— La sorcière nous a donné la clef ! conclut Sarah. Puisque les zombies ne peuvent survivre dans cette pièce, il faut tous les y attirer !

Mais comment allez-vous leurrer les créatures que la salle effraie tant ? Un coup d'œil au plafond qui grince à chaque va-et-vient à l'étage te donne une idée : les morts-vivants ne viendront pas dans les cuisines, mais ils ne craignent pas l'étage supérieur !

Si vous parvenez à les y mener, vous n'aurez qu'à détruire le plancher d'ores et déjà en sale état, et ainsi les faire tomber dans la pièce mortelle… Sarah et toi vous chargerez des dégâts.

— Il nous faut un appât pour attirer les zombies dans la pièce du dessus, rappelle ton amie.

À l'unisson, vos regards se dirigent vers Ethan, qui étouffe un sanglot, comprenant alors trop bien le rôle qu'il va devoir jouer.

Mais d'abord… comment détruire le plancher ?

Avec la poudre noire, bien sûr ! En espérant qu'elle fonctionne encore… va en B23.

Avec ton épée, qui t'a bien aidé durant toute ton aventure ! Va en B24.

B 28

Vous prenez l'escalier menant à la croix. Au bout de celui-ci, une trappe. Vous l'ouvrez et arrivez devant un énorme fossé rempli d'eau croupie : les douves du château ! Vous voilà quelques mètres au-dessus de l'eau. Comment traverser ? Tu repères quelques rochers un peu plus loin qui forment à peine un chemin vers l'autre côté. Vous vous y aventurez, mais voyez alors des zombies apparaître sur la rive d'en face. Vite ! vous vous glissez dans l'eau pour vous y cacher. L'eau est froide et le vent n'aide pas. Tu te raccroches à ce que tu crois être une branche d'arbre, mais il s'agit en réalité du corps d'un zombie qui flotte ! Quand enfin vous arrivez à la surface, la voie est libre.

— Par là, te chuchote Sarah en pointant l'horizon du doigt. De la lumière !

À l'horizon, vous apercevez en effet une chapelle d'où provient la lumière vacillante d'une bougie.

— Il y a peut-être quelqu'un à l'intérieur, t'exclames-tu plein d'espoir. Des rescapés ?

De toute façon, il s'agit du seul refuge visible alentour. Pour l'atteindre, vous allez devoir traverser le cimetière…

Vous poussez la grille rouillée, peu sûrs de vous, et avancez discrètement. Tout autour de vous, des tombes noircies, des croix brisées, le tout recouvert d'une épaisse couche de mousse et de feuilles mortes qui montrent bien que le lieu n'est guère entretenu. Les sépultures convergent toutes autour d'une immense statue d'ange aux ailes déployées. Quelque chose t'attrape la cheville, tu baisses la tête et découvres une main dressée qui sort de terre. Tu hurles ! Le cadavre au bout de la main s'extirpe de sa tombe en utilisant ta cheville pour se hisser. Son corps en bonne voie de décomposition te dégoûte autant qu'il t'effraye. Tu te débats, mais sa poigne ferme tient bien ta jambe et tu tombes. La terre se met à trembler et très vite, des corps sortent des profondeurs. Une armée de zombies se lève, vous serez bientôt pris au piège. Sarah ramasse un morceau de stèle qu'elle lance à la tête de la créature qui te garde prisonnier.

— Vite, par ici ! crie Sarah en te prenant la main.

Vous filez vers la petite chapelle, en essayant de distancer l'armée des morts qui vous encercle lentement mais sûrement. À quelques mètres sur votre gauche, un grand caveau dont la porte est ouverte semble un bon refuge. Vous êtes également tout près de la statue d'ange qui domine le cimetière, la renverser pourrait créer un nuage de poussière qui vous cacherait le temps de filer jusqu'à la chapelle. Enfin, si vous y arrivez…

Pour te réfugier dans le caveau, va en B29.
Pour tenter de renverser la statue, va en B13.

B 29

Vous vous élancez entre les morts-vivants, tournant sans cesse à gauche, à droite, pour éviter que ces monstres ne vous contaminent. Afin de les semer, vous slalomez entre les tombes avant de sauter dans le caveau ouvert. Vous barricadez la porte à laquelle frappent deux zombies qui vous ont vus entrer. Au bout de quelques instants, ils se lassent et les coups cessent. Vous attendez en silence, mais rien ne se passe. Alors que vous vous apprêtez à crier victoire, tu remarques le couvercle d'une des tombes du caveau qui semble coulisser lentement. Une femme en robe blanche mangée par les mites se lève… et se jette sur vous.

PERDU !

Vous n'avez pas réussi à échapper aux zombies. Mais n'hésite pas à retenter l'aventure !

B 30

Tu jettes la potion de toutes tes forces sur le baron. La fiole éclate et libère une épaisse fumée rouge qui tourne ensuite au violet. Le baron se débat et pousse un puissant râle. Qu'est-ce qui se passe ? Est-ce que ça fonctionne ? Vous attendez, figés de terreur. Le zombie pousse un grand cri et s'effondre au sol. Vous vous approchez avec précaution du corps inerte. Cette fois, il semble bien mort. Hourra ! vous avez trouvé le moyen de neutraliser les morts-vivants ! Ou plutôt, l'alchimiste a trouvé pour vous.

— Vite, on doit en faire plus.

— Combien ? demande Sarah.

— Beaucoup plus !

— Toi, tu as une idée derrière la tête, dit ton amie.

Tu souris, elle te connaît bien. Une fois armés de deux grandes jarres de potion, vous prenez la deuxième porte en haut de l'escalier. Celle-ci vous mène dans un lieu sombre où cages suspendues côtoient appareils de torture terrifiants : le donjon. Vous le traversez le plus silencieusement possible à la recherche d'une sortie.

— Regarde, te chuchote Sarah, c'est une oubliette. Tu vois l'ouverture vers l'extérieur en haut ?

— Il faudrait qu'on arrive à monter. Aide-moi à pousser cette table.

La table en question (qui est plutôt un appareil de torture) est loin d'être assez haute pour atteindre l'extérieur. Vous empilez tout ce qui vous tombe sous la main et parvenez finalement à l'extérieur. Tu remarques que le jour commence à se lever. Sarah et toi courez jusqu'au petit local qui abrite le matériel de la colonie. Tu n'as besoin que de quelques instants pour trouver ce que tu cherches : deux grands pistolets à eau à pompe. Si avec ça vous ne réglez pas leur sort à tous les zombies ! Armes chargées à la main, petits pistolets à eau pleins de potion attachés à la ceinture, vous vous ruez dans le château en criant pour attirer les zombies. Très vite, les immondes créatures se ruent sur vous la bave aux lèvres. Parmi eux, tu reconnais le garçon qui a fermé la porte de la cave sur vous. Vous tirez. Les zombies tombent un à un sous l'effet de l'étrange potion de l'alchimiste.

Tu aperçois certains de vos camarades encore en vie qui sortent de leurs cachettes pour vous prêter main-forte. Quelle joie ! Tu es soulagé de voir qu'il y a d'autres survivants. Vous leur lancez de petits pistolets pour qu'ils puissent eux aussi se défendre.

Au terme d'un combat acharné, tu t'écroules, épuisé. Le soleil est haut maintenant. Le bruit de sirènes de police parvient à tes oreilles. Sarah s'allonge à côté de toi et te prend la main : vous avez réussi, vous êtes sauvés. Tu te penches vers son oreille.

— Je t'aime, Sarah.

Mais, épuisée, la jeune fille s'est endormie.

VICTOIRE !

Après ces vacances mortelles, vous allez enfin vous reposer. Tu as tout le temps d'avouer tes sentiments à présent.

DEVIENS LE HÉROS

TU AS AIMÉ CETTE AVENTURE ?

Découvre d'autres univers !

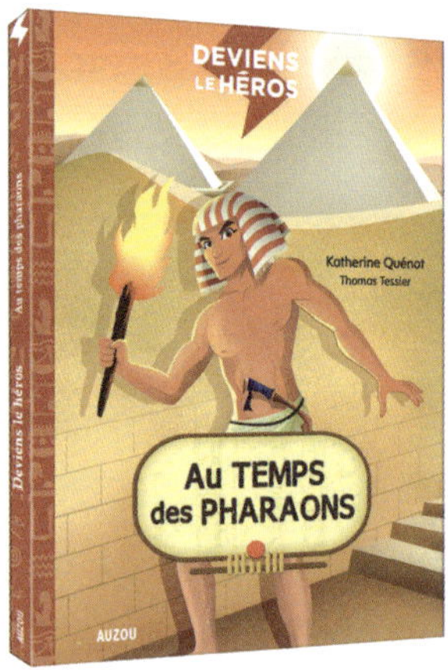

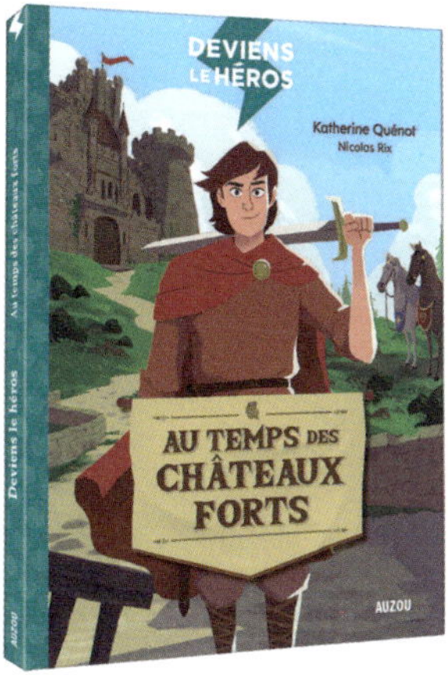
DEVIENS LE HÉROS
Katherine Quénot
Nicolas Rix
AU TEMPS DES CHÂTEAUX FORTS
AUZOU
Deviens le héros
Au temps des châteaux forts

DEVIENS LE HÉROS
Katherine Quénot
Thomas Tessier
LE DÉFI DU SILEX
AUZOU
Deviens le héros
Le défi du silex

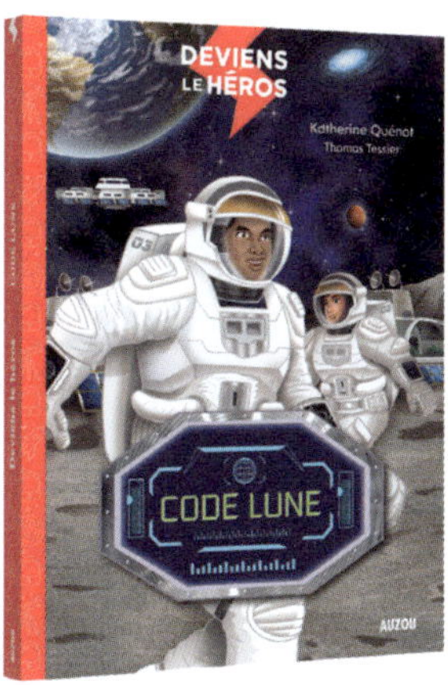
DEVIENS LE HÉROS
Katherine Quénot
Thomas Tessier
CODE LUNE
AUZOU
Deviens le héros

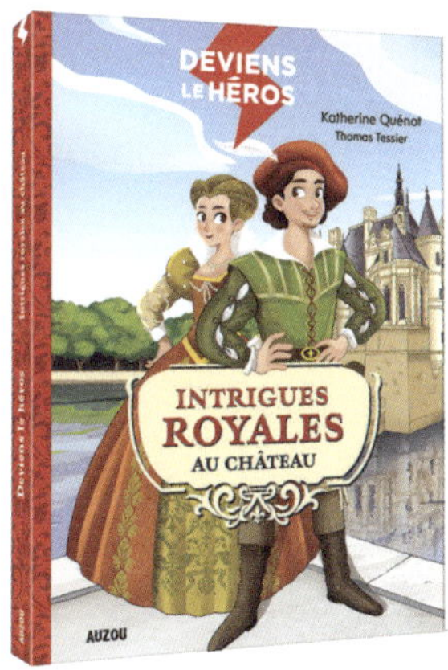
DEVIENS LE HÉROS
Katherine Quénot
Thomas Tessier
INTRIGUES ROYALES AU CHÂTEAU
AUZOU
Deviens le héros